Thomas Carlyle
西方文学史
Lectures on the History of Literature
十二讲

[英]托马斯·卡莱尔__著　　姜智芹__译

湖南人民出版社·长沙·

声音演绎文字之美·声音构筑文学世界·声音记录文化传承

● **如何收听《西方文学史十二讲》全本有声书？**

① 微信扫描左边的二维码关注"领读文化"公众号。
② 后台回复"西方文学史十二讲",即可获取兑换券。
③ 扫描兑换券二维码,免费兑换全本有声书。

● **去哪里查看已购买的有声书？**

方法 ①
兑换成功后,收藏已购有声书专栏,
即可在微信收藏列表中找到已购有声书。

方法 ②
在"领读文化"公众号菜单栏点击"我的课程",
即可找到已购有声书。

用文字照亮每个人的精神夜空

原序

本书收录的卡莱尔关于西方文学史的演讲，是第一次出版。这些演讲是 1838 年 4 月至 6 月，在伦敦波特曼广场爱德华大街 17 号举行的。所有十二次演讲的讲稿，除第九讲之外，均由已故的托马斯·奇泽姆·安斯蒂先生整理。安斯蒂先生是出庭律师，后来担任尤格尔（Youghal）议会的议员。安斯蒂先生卓有才华，足以胜任这项工作，读者能够亲身感受到卡莱尔的风格特征在这本书里准确无误地表现了出来。

安斯蒂先生藏有好几个朋友提供的卡莱尔演讲副本，据悉现在还保存着三个。其中一个为出版商所有，征得他们善良的同意，道登教授把它与第二个副本进行了对照，道登教授在他那本有趣的《手稿与手稿研究》开头几页，对卡莱尔的演讲内容已有记载。这两份讲稿虽然出自不同人之手，但在内容上没有什么出入。安斯蒂先生记录的卡莱尔演讲原始讲稿，现在属于孟买的亚洲学会，这个学会是在安斯蒂先生去世时得到它的。

每一次演讲都有时间标注。校正时尽可能地不改动内容，有确凿证据的和显然由于演讲者一时疏忽而造成的疏漏，以不同的方式进行了补正。需要注意的是，卡莱尔在这本书中是以演讲者而不是作者的身份出现的，因此在思考其中的一些疑点时，最好以作者类似的著名演讲《论英雄、英雄崇拜和历史上的英雄业绩》为指南，后者是在同一个地方演讲的，比这本《西方文学史十二讲》仅仅晚两年。

  为什么卡莱尔在世时不出版他的文学史演讲集？毫无疑问他厌烦出版要做的漫长准备工作，如果要出版的话，需要认真确定题目，而他涉及的内容如此之广之多，不好确定。作为一位追求终极真理的先知，卡莱尔可能觉得自己不是特别适合做一个评论者，他可能善于以最具鼓动性的布道者和某些音乐家的方式，做必要的重复，对同一个问题反复解释，但他不具有马勒伯朗士[①]那种广博、温和的阐释能力。对卡莱尔来说，加进评论可能会破坏他那讲起来十分有力的语句，削弱话语的表达力度，这是令人头疼的。与生俱来的缺乏耐心和生机勃勃的创造力，促使他去做其他的事情，因为在1838年，卡莱尔的天才可以说是发挥到了登峰造极的地步，开创了他最负盛名的时代。

  卡莱尔的《法国大革命：一部历史》被视为他最好、最具个人特色的作品之一，它不是对一系列重大历史事件的记录，而是对典型场景的有意识选择。此外，对其他历史阶段以及大革命所带来的

[①] 马勒伯朗士（Malebranche，1638—1715）：全名为尼古拉斯·德·马勒伯朗士，法国哲学家，继承并发展了笛卡尔的学说，主张偶因论，认为人的认识来源于神，万物包含于神之中。（脚注除原注外均为译注，不一一说明。）

教训,《法国大革命:一部历史》也进行了及时评述。我们眼前的这部文学史演讲亦是如此。这些演讲不是一个手册,正因为如此它才更受欢迎,因为文学手册太多了。说这些演讲没有面面俱到而对其加以指责是不公平的,相对于文学而言,卡莱尔的演讲更关注文学产生的原因、文学的发展历程以及意义。

我们这里并不因为卡莱尔是一位文学大师就拉长篇幅,读者可能会因此而感激我们。卡莱尔一贯认为,在某个黄金时代,出版商和公众会认识到给作者所没有写出来的东西付稿费是明智的。

卡莱尔去世后的几个星期里,在弗劳德[①]先生有重大价值的卡莱尔传记问世之前,新闻媒体的报道铺天盖地,发表对卡莱尔的评价和一切关于他的消息。有哪位读者现在还去研究这些报道?这些报道具有永久的价值吗?它们不正像对于莎士比亚的审美批评,连那些致力于研究莎士比亚的学者中最忠实的[②]也兴味索然?对多数人而言,明智的做法是从评论卡莱尔的作品转向评论卡莱尔本人。他在演讲开篇就告诉我们,作家不像英雄,不需要从外部给他们罩上光环,他们自己是发光体。现在,卡莱尔的才华使他像一颗恒星,在我们的文学苍穹中闪耀,他的华辉可能会黯淡,但绝不会消失。卡莱尔无疑有自身的毛病和弱点,但仍然受到尊敬,而且正因为他有缺点,反而赢得了更多人的尊敬。卡莱尔的偏见令人反感,

---

① 弗劳德(James Anthony Froude,1818—1894):英国历史学家,著有12卷本的《英格兰史:自沃尔西覆灭到击败西班牙无敌舰队》、4卷本的《卡莱尔传》等。受英雄史观影响,弗劳德推崇亨利八世。
② 指已故的哈利威尔-菲利普斯(Halliwell-Phillips)先生,他著有《哈姆雷特悲剧概要》一书(伦敦,1879)。——原注

至少有时会让人有这种感觉。德·昆西也是如此，人们给予他的最高评价是：他是19世纪英国最出色的散文家。在卡莱尔的偏见中，在他对所有应该受到谴责的人和事的声讨中，我们看到他依然是满怀希望的，我们感到他对他人是充满同情的，冷酷的外表下闪烁着他对人类的仁爱之心，就像塔索[①]笔下的英雄王子——

他看到兵器寒光逼人，战神施展
淫威，而爱神也紧随着现出身影。

任何一个正常的人都不会怀疑卡莱尔的真诚。我们应该愉快地去迎接真诚、能力和友善的每一次融合，因此，我们彬彬有礼地邀请读者来分享呈现在你面前的这场文学盛宴。

我们要感谢道登教授，他慷慨地奉献出他收藏的手稿来支持我们。我们还要感谢孟买的S. H. 霍蒂瓦拉先生，他怀着对安斯蒂先生所收藏的原始演讲手稿的尊敬，给我们提供了大量的资料。

J. 雷·格林

南威尔士，伦敦

杜丁格拉文尼庄园

1891年12月

[①] 塔索（Tasso，1544—1595）：意大利文艺复兴后期诗人，主要著作有《被解放的耶路撒冷》《论诗的艺术》等。

目 录

第一部分

002 **第一讲**
文学总论——语言、习俗、宗教、种族——希腊人：他们的历史特征，他们的命运、行为——神话——神的起源

014 **第二讲**
荷马：英雄时代——从埃斯库罗斯到苏格拉底——希腊的衰落

030 **第三讲**
罗马人：他们的性格、他们的命运、他们的作为——从维吉尔到塔西佗——异教的终结

第二部分

050 第四讲

中世纪——基督教——信仰——创造——虔诚信仰基督教的基础——希尔德布兰德教皇——十字军东征——行吟诗人——《尼伯龙根之歌》

066 第五讲

但丁——意大利人——天主教——炼狱

082 第六讲

西班牙人——骑士制度——伟大的西班牙民族——塞万提斯：他的生平、创作——洛普——卡尔德隆——新教和荷兰战争

098 第七讲

德国人——他们的所作所为——宗教改革——路德——乌尔里希·冯·胡滕——伊拉斯谟

116 第八讲

英国人：他们的起源、他们的经历和命运——伊丽莎白时代——莎士比亚——约翰·诺克斯——弥尔顿——怀疑论的开端

第三部分

134 第九讲
伏尔泰——法国人——怀疑论——从拉伯雷到卢梭
这一讲没有记录。

135 第十讲
18世纪的英国——怀特菲尔德——斯威夫特——斯泰恩——约翰逊——休谟

148 第十一讲
怀疑论的终结——少年维特式的多愁善感——法国大革命

第四部分

164 第十二讲
德国现代文学——歌德及其作品

178 译后记

第一部分

第一讲

> 文学总论——语言、习俗、宗教、种族——希腊人：他们的历史特征，他们的命运、行为——神话——神的起源

追溯我们西方世界的伟大思想家从古至今的写作和发展历程，一定会是一项有趣的工作。从事这项调查研究的人会首先探究这些人是如何**想**的，而不是他们如何**做**的，因为这对心灵、思想和观念（观念包含在行为中）来说毕竟是头等重要的，而且他们的观念已经在其著作中保存下来。书籍能给人带来深层的思索，当它躺在书架上时会显得无足轻重，但实际上再没有比书更重要的东西了。它在作者沉睡于坟墓里很长时间以后，还会激动人们的心灵，此后好多年还会持续施加它的影响。作家不像英雄，不需要别人来给他们罩上光环，他们本身就是发光体。今天提出的思想观念，今天出版的小册子，可能是早在世界诞生之初就产生影响的那些思想观念的光华重现。我们对它的历史感兴趣，因为这种思想观念与我们同在，而且在我们死后它还会存在下去。

我们很难把这一代人的思想框进一种完美的理论，因为实际

上，它和除星星之外的一切事物都有关联，而且这些事物也不能用理论来归纳。一代人的思想至少是不完美的，因为虽然太阳系相当完美，但它是否围绕其他星系转动，目前尚有疑问。因此，任何理论实际上都不是十全十美的。不过，我们不是要把这一现象理论化，要想了解它，我们必须自己去做一些事情。我们将会看到这种伟大的思想意识，承载着奇异的文学诞生景象，将自身划分成几个常规阶段，而我们将从希腊历史上发生的真实事件，来开始我们的研究。

希腊人的历史可以追溯到公元前1800年，也就是说距今差不多有三千六百年之久，但并不是说他们的历史真的有那么古老。希腊的最初居民是些什么人？或者他们是否就是某些人称为格莱西人（Graeci），另外一些人称为古希腊人（Hellenes），而我们叫作希腊人（Greek）的现代民族？当我们问以上问题时，我们没有可靠的原始资料来证实这一点。这些原初居民好像是佩拉斯吉人[①]，但人们对这些古希腊人是佩拉斯吉人，还是来自东方的新移民，持有争议。他们很有可能是佩拉斯吉人，而且在科学和文明方面已经取得了一定的进步，被外人称为本土古希腊人，就像古时候英国人被称为盎格鲁人和撒克逊人一样。我们对希腊的历史仅了解这么多，谈不上有什么深刻的认识。希腊的历史变迁没有留下任何记载，也没给我们带来什么影响，这个文明完全消失了，给我们留下的只有几

---

① 佩拉斯吉人（Pelasgi）：史前居住在希腊、小亚细亚和爱琴海诸岛的一个民族。

座破旧的城池、几块巨大的石头和一些残破的雕像。但根据以上残迹，我们能够推断出这个国家的文化艺术和社会形态发展的三个重要时期。

第一个时期是特洛伊战争，发生在公元前 12 世纪，由阿卡亚人发起，他们那时被称为古希腊人，现在有证据证明他们当时和佩拉斯吉人是同一个种族。众所周知，特洛伊战争是由帕里斯拐走希腊著名的美女海伦——斯巴达国王墨涅拉俄斯的妻子引起的。希罗多德关于此事有大量记述，例如伊娥和欧罗巴。他说的一点很正确，即为这样一个原因而卷入战争愚蠢至极，海伦和她的诱拐者一样应该受到责备。但不管出于何种原因，这是古希腊人作为一个欧洲民族第一次采取联合行动，特洛伊被攻占、被焚毁。人们所说的这个直接原因可能不具有多少真实性，而在欧洲的佩拉斯吉人看来，这主要归因于他们对于亚洲的优越感，也就是叙事上常说的**格式塔**。这个事件还因为它催生了《圣经》之后第一部极有价值的古典作品而占有重要地位，这次战争铸就了《荷马史诗》（包括《伊利亚特》和《奥德赛》）。

六百年以后，有了历史记载。我们看到如今保存在牛津大学的大理石石碑，这些石碑是阿伦德尔伯爵在詹姆士一世统治时期从东方带回来的，1627 年运抵那儿。英国内战期间这块石碑受到严重损坏，有很长时间躺在兰贝斯区阿伦德尔府邸的花园里，其中一块碑甚至被园丁用来垒砌花园的围墙。最引人注目的是一个记载了帕罗斯岛历史的大理石石碑，上面刻着一些重大历史事件，至于为什么叫帕罗斯历史石碑，我们不得而知。在发现这块石头的地方，公元前

264 年曾建立了一座殖民城市，在这样的地方立纪念碑是当时的一种风俗，人们相信公元前 264 年就是立碑的时间。希罗多德生活于公元前 5 世纪，但在他死后，历史**一片空白**。

第二个时期是波斯入侵。希腊当时不得不抵抗东方侵略军潮水般的进攻，希罗多德所写的《历史》，其**基本结构**是小股希腊人英勇顽强的抵抗，因为希腊人内部意见不统一，他们的命运在铁蹄的进攻下一时岌岌可危。列奥尼达一世[①]率领希腊人在塞莫皮莱[②]连续三天抵抗波斯人，第四天，由于出现了奸细，希腊人被包围，列奥尼达一世被重军团团围住，他和他的军队被分别包围，为了保卫城池，他们全部牺牲，没有一个人活下来。可能有人会想，**那个纪念碑此后很多年一定会有某种神奇的力量**，那里的一个石狮子上刻着这样的话："嘿，陌生人，告诉斯巴达人，我们奉命躺在这儿。"他们接到命令要坚守阵地，不能放弃，于是他们也就永久地守望在这里。但欧洲此后的发展并不比波斯强多少，不久，希腊社会日益分化，直到它们成为某种联邦共和国，将它们联合在一起的是共同的习俗，特别是宗教信仰。希腊是个美丽的国家，有雄伟的高山，有肥沃的山谷，参天的大树覆盖着山顶，染绿了崖壁，这一切在明亮的天宇下显得更加壮丽。如此美的景致是希腊人日常生活中的一部分。令人惋惜的是，我们对这一时期这些东西对希腊社会产生的影响所知甚少。历史学家只记载战争，对这类事情很少关注。

---

① 列奥尼达一世（Leonidas）：古斯巴达国王。
② 塞莫皮莱（Thermopylae）：希腊东部一个多岩石平原。

这一时期，希腊人在国外拓展新的殖民地，不过在此之前他们就已经有了殖民地。希腊人在殖民地建造城池，至今在意大利南部的海滨，或者我们今天通称为大希腊（Magna Græcia）的地方，仍然可以看到。事实上，有人告诉我阿布鲁齐的山民至今说一种希腊语，他们在波斯入侵之前就在法兰西建造了马赛城。希罗多德记载了菲西人迁徙的情形，他们跋涉了很长时间，才找到一个合适的地方作为新的落脚点。为了断绝回去的念头，他们的首领把一个烧得通红的铁球投入海中，喊来众神作证，发誓说他和他的追随者将永不返回菲西，除非铁球能自己浮出水面。后来他们在马赛港登陆，在那里建立了一个繁荣的共和国。

第三个时期是一个伟大的时期，和前两个时期一样，也和东方有关。这是希腊的全盛期——其历史就像一棵小树生长直到变为朽木的过程。这一时期，希腊灿烂的文明之花全盛开放，别的国家难以望其项背。但她的花期很快过去，从内部开始腐朽。自那时起，希腊一直衰落下去，昔日的辉煌鼎盛不再。大约在公元前330年，希腊落入异邦马其顿之手，亚历山大大帝没费什么周折就成了希腊的统治者，因为希腊已经在伯罗奔尼撒战争中大伤元气。关于伯罗奔尼撒战争的原因，除了战争中互相争夺的各方都在为自己谋私利，而整个希腊冷眼旁观哪一方会在混战中被碾为粉末之外，难以说清楚。马其顿的腓力二世彪悍强壮、孔武好战，他已经统一了希腊各部。在亚历山大时期，发生了著名的侵占波斯的事件，从而使希腊军队在亚洲所向披靡。亚历山大带领军队来到印度河畔，建立了很多王国，并把它们留给部下治理，此后很长时间他们一直是一个非常杰出的民族，直到公元1453年，他们最终在君士坦丁堡陷落，风头不再。

这就是希腊的历史，第一个时期的特洛伊战争发生在公元前1184年；马拉松之战发生在公元前490年；一百六十年之后是侵占波斯。此后欧洲按照自己的步伐独立发展，历史就是这么安排的，希腊是欧洲历史的开端。至于他们在西方民族中显得独具一格的相貌，使得他们一方面是一个有趣的民族，另一方面也是一个极其难以接近的、脆弱的民族。一些对种族特征有研究的人断言佩拉斯吉人是凯尔特人的后裔，不管这么说有没有道理，可以肯定的是法国人和这些希腊人在性格上有很多相似之处。他们的第一个特征，也是居于所有其他特征中心的特征，是**热情奔放**。热情奔放和**强大有力**不完全一样，因为它不像强大有力一样有永久的连贯性，而是有一种炽热的冲动在里面，希腊人的热情奔放是除法国人之外的其他民族无法相比的。这种性格特征既有好的一面，也有坏的一面。就坏的一面来说，有修昔底德提到的科西拉叛乱，读起来完全像是法国大革命中的一个篇章，那些暴民只顾破坏眼前的一切，全然不顾将来。这里，希腊的下层民众也在反抗上流社会，或者说反抗法国人称之为贵族的阶级，他们怀疑贵族要把他们作为奴隶带到雅典，结果贵族全被关进了监狱，贵族们被一个接一个地押解出来，然后用刺刀和长矛将他们杀死（这都是修昔底德所述），直到监狱里面的人知道发生了什么事，在被叫到时不再出来。于是，暴民拿箭来对付他们，直到把他们全部射杀。总的来看，整个场景令读者想起1792年9月发生的事情。

另一个更具说服力的例子是这样的：当波斯国王薛西斯一世第一次入侵希腊时，一个名叫利西达斯的雅典人建议市民投降敌人，因为要反抗波斯人是不可能的。雅典人集合起来，推搡、暴打、践踏他，直到把他打死。当地的妇女听说以后，奔到他家里，把他的妻子、孩子全都打死。在其他古代国家的历史上，还没有这样的行为，也没有发生类似在科西拉的暴乱，比如说在罗马人统治时期，就没有发生过类似的事情。

但与这种野蛮相连的，是他们对鉴赏力和天才有非凡的敏感性。他们极为睿智，能抓住事物的本质联系；他们非常敏锐，能洞察他们置身其中的一切事物，这一品质尽管不是完全为人称道，但对于他们自己是大有裨益的。因此法国人虽然缺乏创造力，但却具有准确和优雅表述的语言才华，以至于任何一种思想或发明如果不用法语来向世界宣布的话，都难以得到公众的认可。

这就是历史的真实面貌，也是当今世界上一切事情、所有哲学和所有其他一切事情的真实情形。但在文学、哲学和其他一切事情上，希腊人用一种非同寻常的优雅，就像法国人用率真的行为一样，展示着自我的创造性。吟唱或音乐是希腊人的生活中最重要的东西，不能列为次位，在这一点上他们是正确的。没有音乐性的东西是粗糙的、硬邦邦的，是不和谐的，而和谐是艺术和科学的精髓。思想终究要随物赋形，变成它想要成为的东西。佩拉斯吉人的建筑是由一块一块的巨石建造的，至今仍然在巨大的石墙中保存着。人们告诉我，它展现出一种距今三千多年的宏伟对称，反映了当时人们的审美眼光。他们的诗歌同样令人钦佩。他们的雕刻包含着我们在那种艺术中想要表现的最高东西。例如，菲迪亚斯[①]具有同样的和谐精神，其雕刻艺术都带有这一特征。菲迪亚斯的《伊利斯的宙斯》在我看来是一件杰作，他负责建造帕特农神庙[②]这样一项**庞大的工程**，埃尔金大理石雕[③]很可能也采纳了他的意见。但当设计《伊利斯的宙斯》时，他脑子里一团乱麻，理不出头绪，烦躁不安。他来回踱步，苦苦思索着他想要的样式，但一直没有出现。一天晚上，像往常一样苦苦地思索、构思他的图案之后，他在睡梦中见到一群希腊少女，头顶水罐，唱着宙斯赞歌向他走来。那一刻，诗歌之神照耀着他，他一直苦思冥想的意象有了结果，当他把想法在大理石上表现出来时，意象栩栩如生，和谐对称。这种和谐的精神引领着他，统摄了他的思想，然后变成雕塑诉诸视觉，并为人所观赏，充实着所有人的内心。

现在我请你们注意希腊人看待万事万物的观点，或曰我们所说的他们的宗教。多神论初看之下似乎是一团理不清的乱麻，是各式各样的妄想，但它毫无疑问对人类有一定的意义。我们可以用两种方式来解释它。首先，神话只是一种对自然万物（精神的和物质的）之间的各种关系进行解释的寓言，有关这一理论人们已经进行了多重阐释，培根在他的论文《论古人的智慧》中谈到了它。

---

① 菲迪亚斯（Phidias）：古希腊著名雕刻家，主要作品有雅典卫城的三座雅典娜纪念像和奥林匹亚宙斯神庙的宙斯坐像，原作均已无存。
② 帕特农神庙（Parthenon）：雅典卫城上供奉希腊雅典娜女神的主神庙，建于公元前5世纪，被公认为多利斯柱型发展的顶峰。
③ 埃尔金大理石雕（Elgin marbles）：指一些雅典雕刻及建筑残件，于19世纪时由英国伯爵托马斯·埃尔金运至英国，现藏于不列颠博物馆。

但我觉得很难从中获得什么,讲述那一类的寓言故事不是科学传播的正常途径。在这种情形下,没有人会坐下来从他认为是谎言的东西中解读出意义来,任何一个严肃的人都不会这么做。第二种看法是他们信奉的神明就是他们的国王和英雄,那些国王和英雄此后被神话了,历史英雄即神明的看法更容易为大家接受。一些人总会赢得另一些人的敬仰,伟大人物一定会在不同的时代受到崇拜和敬仰,因而在古代他们有时被看作神明并不足为奇。我们之中最富有想象力的人也难以体察早期人类看待周围世界的情感,首先,毫无疑问,他们实际上像初民一样只看重欲求的满足,但不久人就开始自问"我"在何处,"我"的血肉是由什么构成的,"我"是谁,谁不久前还没在这儿,谁在这儿待不久了,但仍然是这个茫茫宇宙中一个有自我意识的个体。这些想法可能会层出不穷,蔚为大观,但只需一小部分这样的想法就可以形成多神论。因为在我看来,把整个体系说成是欺骗和谬误,实际上是对人类本性的亵渎。

例如,预言是多神论的核心部分,是整个事情的**要害**。所有的人,不管是平民还是贵族,过去往往在一切事情上都到多多纳[①]或德尔斐[②](它最终成为最著名的神庙)去询问神谕。现代的旅行者已经在这些地方发现了管道和其他秘密机关,从中他们推断这些神谕是一种欺骗和幻觉。西塞罗[③]也说他相信两个占卜者相遇时必定

---

① 多多纳(Dodona):希腊西北部的古代城市,曾是佩拉斯吉人礼拜宙斯的中心。
② 德尔斐(Delphi):希腊古都,因太阳神阿波罗的神殿而著称。
③ 西塞罗(Cicero,前106—前43):古罗马政治家、演说家和哲学家,著有《论善恶之定义》《论法律》《论国家》等。

哈哈大笑，他知道这一点，因为他曾经是一个占卜者。但我必须承认我在读希罗多德的《历史》时，并没有感到这是一种欺骗，反而觉得神谕中有很多合理的东西。多多纳城的问卜处是一个幽深的裂谷，占卜者祈请神谕时要跳到里面去。如果内心虔诚的话，他那时一定处于预见未来的最佳状态，来给别人出主意。不管神谕是如何传达的，借助预言也好，采用其他的方式也罢，只要占卜者抛却自我，全神贯注地和一个更高的生命融为一体，就是值得赞赏的。我愿意把希腊想象得更好一些，而不愿认为她在这些事情上完全受欺骗和谎言的摆布。因此，在马拉松战役之前，一个名叫斐里庇得斯的雅典人，徒步到斯巴达请求援助。他几乎跑了一路，在穿过特吉亚附近的山峦时，他听到潘神[①]喊住他："斐里庇得斯，为什么希腊人不来找我？"斐里庇得斯的援助请求得到了回应，等他跑回雅典，看到雅典人已经取得了胜利。他回想起发生的这一切，给潘神建了一座神殿，他的崇拜得到大家的赞同。现在我猜想他当时的心境，毫不怀疑地认为他当时在蛮荒的山脚下，一定在内心深处听到了自然之神的召唤，而这一切完全不是欺骗和谎言。这其中有一个深层的基础，而不仅仅是宙斯、阿波罗、密涅瓦[②]等等这些神灵，他们只是被赋予了帮助人类的能力。但除了偶像崇拜，他们还发现了那个真理，它栖息在每一个人的心中，任何一个有思想的人都不会否认它，他们从中辨认出一种命运，一种沉默的、黑色的力量，

[①] 潘神（Pan）：[希神] 半人半羊的山林和畜牧之神。
[②] 密涅瓦（Minerva）：[罗神] 掌管智慧、艺术、发明和武艺的女神，即希腊神话中的雅典娜女神。

这种力量操纵着人的生命，而人们却无法知晓它，但它的律令像石头一样不可违抗，每一个人都知道它在那儿存在着。人们有时称命运为"运气"，或者"宿命""定数"，还有时说它是"无法改变的力量"。

人们并不总是以尊敬的口吻来谈论神，这有些不可思议，埃斯库罗斯的《普罗米修斯》就是一个例子。埃斯库罗斯写了三部关于普罗米修斯的戏剧，但只有一部流传下来。普罗米修斯盗取火种，送给人类，为此他受到惩罚，他的初衷是想让人类生活得更好一点。从性格上来讲，普罗米修斯似乎是一个沉默寡言的人，但他说出来的话对宙斯就像晴天霹雳。地球上的人们在没有艺术生活的无知中游荡，是普罗米修斯把各种技艺传授给人类。他这么做完全正确！宙斯可以用雷电、用他想用的一切手段来惩罚普罗米修斯。宙斯的机会来了，他一直在等待机会！宙斯可以把普罗米修斯打入冥府。普罗米修斯的劫数也来了，他必须下到冥界。这些都写在《命运》（*Destiny*）一书中。

这一有趣的资料实际上显示了初民的一些特征。因此，希罗多德，一位睿智、正直的人，给我们讲述说，有一个斯基泰民族，即盖塔人，每当听到雷声，或者看到天空中长时间阴云不散，常常向天空中射箭，来反抗天神，对天神怒不可遏。另有一个民族，和南风作对，也许是因为南风总是吹拂着他们，吹得他们几乎到了崩溃的边缘。这个民族一直把南风追赶到大漠里，但此后再也没有听到这个民族的消息，不过希罗多德讲述的这个故事并不令人信服。这些事情对我们的思维方式来说很陌生，但可能有助于说明希腊人的生活。

我对希腊人的看法就先讲到这儿。在下一讲中，我要对他们的文学发展史，从荷马到苏格拉底，做一个简要的介绍。

第二讲

荷马：英雄时代——从埃斯库罗斯到苏格拉底——希腊的衰落

我们现在简要介绍一下希腊文学，尽管时间有限，但对希腊五百年的文学史我们有必要做一个概括。

首先要介绍的是《荷马史诗》。《荷马史诗》讲述的历史我们在第一讲中已经提到，是希腊历史上的第一个伟大时期——特洛伊战争。《伊利亚特》（*Iliad*），或者说《伊利昂之歌》（*Song of Ilion*），是由很多我称为叙事性的歌谣组成的，这些歌谣讲述了当时发生的各种事件，而不只是对特洛伊战争本身的叙述，因为它从事件的中间开始，也在事件的中间结束。《奥德赛》（*Odyssey*）讲述了战争结束以后，奥德修斯（Odysseus），也叫尤利西斯（Ulysses），从特洛伊返回家乡的冒险旅行。故事发生的时间，据阿伦德尔·马布里斯推测（主要依据希罗多德），是在公元前800年，抑或是在公元前900年，不管怎么说，和《伊利亚特》里面的故事在时间上大致相同。约翰尼斯·冯·缪勒认为这两部史诗是仅次于《圣经》的最古老、最重要的作品，它们甚至比中国的文学作品还要古老，因为尽管有人说中国的文学历史悠久，但没有证据表明其文学作品比《荷马史诗》出现得更早。中国有一些作品出现的时间与《荷马史诗》大致相当，但那些不是什么重要的作品，只是一些传奇或编年史。荷马是谁，或者谁是这些史诗的真正作者，我们尚不清楚。博物馆里确实有阿伦德尔伯爵提供的荷马半身塑像，在其他地方还有一两个荷马的塑像，但我们没有任何证据证明它们就是荷马。我们也不能肯定《荷马史诗》是出自一个人之手，还是多人合作的结晶。人们曾一度认为荷马是一个行吟者、一个乞丐、一位盲人，在1780年之前一直这么认为。但是这一年，一位名叫沃尔弗的德国人受命为格拉斯哥版的《荷马史诗》写一个序言，他在序言里首次提出一个令专家学者们都非常吃惊和困惑的观点，说荷马实无其人，并且说《伊利亚特》的成书经历了一个多世纪的时间，是许多行吟歌手或诗人的集体创作，这些人经常出入希腊王公贵族的府邸，还说那时希腊境内流传着上千首关于特洛伊战争的歌谣。继庇西特拉图斯、希庇亚斯和喜帕恰斯[①]的后代首次出版《荷马史诗》三百年之后，这是第二次出版。希腊历史学家普鲁塔克说莱克格斯已经搜集整理了有关材料，但他说得非常含糊，而且证据不足。下一个版本是亚历山大大帝收集整理的，只做了几处改动，就是我们现在看到的版本。在我看来，一个人如果不用笔记录下

[①] 庇西特拉图斯（Pisistratus）：雅典僭主，曾两次统治雅典。其子希庇亚斯（Hippias）和喜帕恰斯（Hipparchus）在他死后统治雅典，喜帕恰斯被暗杀，希庇亚斯被雅典人驱逐，在波斯宫廷中终老。

来,很难创作出这样宏大的史诗。其他的诗是用来吟诵的,但这一首太长,在一次宴会上吟诵似乎不太可能;另一方面,如果那时没有读者,这些诗也不可能写出来。荷马不识字,这也是一个公认的事实。荷马用自己的嘴巴,把这些故事从一个首领那儿传唱到另一个首领那儿,当他清楚地表达出来时,故事就被记录下来,不是用字母,而是用一种类似象形文字的符号。事实上,赞成荷马是史诗的真正作者的唯一证据,来自对这一问题的共识和史诗的前后统一性,这种看法一度被认为是不可能的,人们把它归结为一群有才华的作家,以偶然相同的风格创作的意外巧合的作品,它应该是在印刷术发明之后才成书的。但前不久我开始阅读《伊利亚特》,离开学校以后我就一直没有碰过它,我必须承认在阅读时我完全赞同这一说法,即史诗不是一个人所作。赖特本人强烈支持相反的一方,他认为《奥德赛》出自另外一个人之手,而我们现在看到的《伊利亚特》被抄写者改动很多。总而言之,他并不十分赞同自己一方的观点。但最有说服力的见解是从阅读诗歌本身得出来的。至于史诗的前后一致,我觉得可以在不破坏前后连贯的前提下,分写成两部或三部书,它的价值不在于人物的完美延续上。《荷马史诗》的风格一点也不像莎士比亚对人物的刻画,它里面只有狡猾的人,头脑简单、粗鲁、愚蠢的人,骄傲的人。尽管如此,没有任何人能刻画出《伊利亚特》里面人物的性格。我们都知道意大利的古代喜剧,剧中有小丑哈勒昆、学者和科伦芭茵[①],《伊利亚特》中的人物也

[①] 科伦芭茵(Columbine):意大利传统喜剧及哑剧中丑角哈勒昆的情人。

有类似的特征。因此，如果可以把大事件与小事件做比较的话，我们在英国的文学中能找到类似的例子。我们有大量关于罗宾汉的歌谣集。罗宾汉是一个反叛者，住在舍伍德森林中，名噪诺丁汉和英国北部。在14世纪，英国有许多歌谣传唱他，特别是在英国北部，流传着许多他同长官作对的故事，还有他的各种冒险经历。这些歌谣是由那些拉琴手和年老的盲人，用一种独特的方式吟唱出来的。仅仅在五十年前，约克郡的一个书商把这些歌谣收集起来，加以出版。他把这一块拿掉，填到另一处，使它成为一部像《伊利亚特》一样前后连贯的长诗。现在，把富有乐感的希腊人和不那么富有乐感的英国人相对照，把竖琴和提琴（二者很相似）相比较，不要忘记一个是在酒馆里传唱，另一个是在王公贵族家里吟诵，我们看到罗宾汉歌谣和另一个时期产生的"神圣的特洛伊故事"，有着相似的结构。

我赞同约翰尼斯·冯·缪勒的观点，认为《荷马史诗》是所有诗篇中最好的。因为，首先，《荷马史诗》叙述的是比史诗本身更古远的事件，也更简洁，因而更有趣，因为它是初民——我们精神上的祖先——精神面貌的反映，史诗中提到了人类历史上最重要的事件。其次，史诗反映了任何时代、任何国家最崇高的品质，希腊的天才艺术家还从来没有超越荷马所写的这些史诗。这些品质可归纳为以下两点：

首先，荷马似乎不认为他的故事是虚构的，他从不怀疑它的真实性。现在，如果我们只考虑应该如何来**看待**它，会感到它一定是荷马喜欢的一个重大场面。我并不是说荷马可以在陪审团面前宣誓他的作品是真实的——完全不是,而是说他记录了流传下来的和历史上保存下来的东西,并希望他的读者像他一样相信其真实性。关于我们称为文学手段的东西,比如众神、幻象之类的东西,我必须提醒大家回顾我在上一讲中讲到的有关希腊人对神明的信奉。我们认不认为这些故事完全是虚构并不重要,但荷马相信它们是真实的。纵览希腊历史,我们发现任何一个伟大的人,任何一个有神迹的人,都被视为是超自然的。他们的经历很有限,而人类的心灵是期望奇迹出现的,并不因为怀疑主义就关闭向往神奇的心灵之窗。这种性格倾向导致了卢摩耳[①]的可塑性,事实上卢摩耳后来变成了一位神,人们还给它建了神庙,因此诗人品达提到海神尼普顿有一次出现在复仇女神的宴会上。我们说,如果一位年长的、有着令人仰慕的风度并且沉默含蓄的人真的到了那儿,他会吸引众人的目光,这是合乎情理的。人们会注目他,会对他有各种猜测,下一代人会真的宣称世界上又多了一位神明,这是顺理成章的。因而我相信荷马认为他的叙述是十分真实的这一看法。

其次,《伊利亚特》实际上是用来吟诵的。它本身就具有吟诵的特质,不光音调上抑扬顿挫,整首诗的思想内容也具有吟诵的性质,实际上整个诗篇都体现出一种严肃的吟诵性。如果我们把这两种特质融合起来,会构成世界上最经典的诗篇。在那种激情中,整首诗都被看作由单词组成的音符,在高亢的激情下,朗诵的音调带

[①] 卢摩耳(Rumor):该亚的最后一位女儿,是一个长有双翼、奔跑神速的怪物,是传递信息的使者。

有了音乐性，荷马在诗中加进了一些感叹性的短句。音乐性和真实性这两种特质把荷马的心置放在一种最美好的手足之情中，他和他的人物真诚地对话，毫无保留地倾吐心声，他向突出其作品主题的一切事物倾注感伤的情怀，有时也会出现一处充满歉意的拙笔，荷马表现出他创作天才中真正的诗人气质，给人以深刻的印象。

我们从荷马的语言、遣词、他的诗篇里最微妙的细节中，能够看出这一点。例如，让我们看一下他用来描述自然界万物的形容词："神圣的大海"（神圣大海的那种壮美深深地烙在荷马的内心深处）、"蓝黑色的大海"，还有他所羡慕的国王的宫殿："装有高高护墙板的宫殿""充满声响的房间"。一个最有说服力的例子是阿伽门农在发誓时，不光对着众神，还对着河流和世间万物、星辰等，他让它们为他的誓言作证。他并没有说出它们具体是什么，但他感到自己是一个神秘的存在，一个站在众多神秘存在旁边的神秘存在！

《荷马史诗》的第二部《奥德赛》更具特色，人们认为它比《伊利亚特》晚一个世纪完成，描述的是一种更高的文明形态。书中对神的处理有明显不同。在《伊利亚特》里面，帕拉斯[①]在战争中态度不明朗。在《奥德赛》中，她不支持任何一方，而就是密涅瓦，或者说雅典娜，是智慧女神。从全诗前后高度的一致中可以看出，《奥德赛》不大可能是许多人合作完成的。它给人的印象比《伊利亚特》要深刻，尽管创作技巧并不比《伊利亚特》高超，甚

---

① 帕拉斯（Pallas）：帕拉斯·雅典娜，即智慧女神。

至还要逊色于它。诗中的主人公不同了,奥德修斯在《伊利亚特》中还不占重要地位,仅仅被塑造成一个机敏、足智多谋而又狡猾的形象,但在《奥德赛》里面,他是至关重要的悲剧人物。在这里,他不光机智,有计谋,而且还是一个"**忍受苦难者**"——一个令人喜爱的绰号,我们在诗中可以看到有关他苦难经历的动人描述,他在《奥德赛》中证明自己比那些死去的人更善于思考。没有比下面一幕更感人的了:奥德修斯在逃脱吃人的巨人族、女妖喀耳刻的陷阱和其他艰难险阻后,来到欧洲的尽头赫拉克勒斯之柱①,向盲人先知提瑞西阿斯求助。在向周围的幽灵献上各种祭品之后,他看到他母亲安提克勒亚的亡灵,可怜的奥德修斯站在那儿,旁边是他的母亲,一个苍白、柔弱的鬼魂,他伸出双臂,想拥抱她,可怀里除了空气,什么也没有!我们在所有国家的文学中都读到、听到过这样的感情,它把我们引领到人类本性的最深处。同样的情感我们在"女王的玛丽们"②那些优美的诗行里也可以感受到。那是一次淋漓尽致的愤怒大发泄,奥德修斯藏在自己的寓所里,看到令人羞耻的浪费,那些配不上他妻子的求婚者在狂欢、在挥霍。奥德修斯假扮成一个乞丐,没有人发现他,只有老仆人在给他洗脚时,发现了他腿上的伤疤,从而认出了他。那些求婚者侮辱他,向他扔骨头和

---

① 赫拉克勒斯之柱(pillars of Hercules):指直布罗陀海峡东端两岸的两个岬角——欧洲的直布罗陀和非洲的穆塞山,相传由赫拉克勒斯将它们置放于此地。
② "女王的玛丽们":原指一首老歌中传唱的与苏格兰的玛丽女王年龄相当、服侍她的四位名叫玛丽的姑娘,这儿指奥德修斯家里同求婚者厮混的女仆们。

各种各样的东西。最后他们试图拉开奥德修斯的那张大弓，但他们谁也拉不动。假扮成老乞丐的奥德修斯恳求一试，他拿起弓，热切地端详着他心爱的老朋友，看它是否还是他离开时的样子，很长时间没有说一句话。然后，他甩掉乞丐服，像荷马所说的那样，"他大步跨过门槛"，开始对付那些求婚者。"你们这些狗东西，"他说，"你们认为我再也不会从特洛伊回来了，尽情地展露你们的邪恶，上不顾天上的神灵，下不看地上的众生，但现在你们的末日到了，死神在等待着你们。"然后，他把箭雨点般地射向求婚者。我想求婚者在那种情形下会纷纷倒地死去，歌德整理了许多这样的场面。

《荷马史诗》中有大量的比喻，有时这些比喻的简洁令我们捧腹大笑，但笑声中蕴含着善意和尊敬。因此，在把埃阿斯①比作犟驴的时候，荷马并没有任何侮辱之意，他意在把埃阿斯被特洛伊人团团围住的情形，比作一头犟驴闯进了谷物地里，附近的男孩子们拿着棍棒大声吆喝着要把它赶走，但这头慢腾腾的犟驴并不理睬，埋头啃吃生机勃勃的谷物，直到吃饱才离开。埃阿斯被特洛伊人围住的情形与此相像。荷马描写死亡时喜欢用的一个经典套路是："他被击中后倒下了，身上的兵器叮当作响。"这种表达方式虽然乍一看平淡无奇，但那个场景给人以强烈的视觉冲击，蕴含着丰富的思想感情。倒下去时就像一袋子泥土，而兵器的响声是他生命中

---

① 埃阿斯（Ajax）：特洛伊围攻战中的希腊英雄，臂力及骁勇仅次于阿喀琉斯，当阿喀琉斯的盔甲给了奥德修斯时，他自杀身亡。

最后发出的声音。这个人几分钟前还是一个鲜活的生命、一个生龙活虎的人，现在却像一堆没有生命的东西，倒在了地上！

但我们必须得离开荷马了。关于奥德修斯我还要说一点，他是希腊人的典范，是一个完美的希腊天才形象，足智多谋、敏捷而又活跃，不幸陷入困境，但又不时从黑暗和混战中突然出现，毫发无损地获得了胜利。

但我必须就此打住对荷马的探讨，我深感抱歉，我必须略去他带给我们的英雄时代：那种牧民的游牧生活，他描绘的大厅里青烟袅袅的烟柱，王宫正门前安静的庭院，他非常向往的充满声音的房间，堆满肥料的马厩，和其他对礼仪的别具一格的描绘，我必须把这一切都略去。荷马给我们展示了一个高度发达的文明形态，事实上，我们通过对传统的研究，通过阅读文献资料，知道那时希腊人已经存在一千年了。贺拉斯曾这样描绘希腊的勇士："在阿伽门农之前已经出现了许多勇敢的人"。同样的话可以用在希腊的作家身上，即在荷马之前已经出现了许多文学天才，只不过我们对这些文学天才几乎一无所知。例如，他们说的是最好的方言，是所有语言中最完善的。如果从表达的精确与优美上来看，法语最适合在聊天、法庭上和恭维别人时使用，而希腊语适合于各种文体的写作，像格言警句一样直截了当。希腊人的信仰、他们的政体、他们的战争与和平时期，都表明在荷马之前一千年，或者更早，就有了文明。荷马之后四五百年的时间，除了一些行吟诗人外，希腊文学一片空白。在后面，我要探讨行吟诗人和抒情诗人的渊源关系（谈到行吟诗人时再详细阐说）。那是一个战争、动荡、迁徙的年代，出现了赫拉克利特和其他哲人。希腊通过殖民,扩张了领土,同时也丰富了自己的民族性格。这个时期的希腊更注重哲学而不是文学,毕达哥拉斯和"七贤"就是这时期出现的。

我们对这些哲学家所知不多,他们之中有的认为世界的本质是火,有的认为是水。毕达哥拉斯这位当时最伟大的人物,对我们来说就像谜一样搞不清楚。他的一些箴言保存下来,但由于信息的缺乏,我们认为那些东西完全是荒谬可笑的。

比如说,他的箴言"不吃豆子",我们就无法理解其内在的原因。使毕达哥拉斯不朽的是他发现了勾股定理,但看起来与其说是他发现的,不如说是他引进的,因为我了解到印度人和其他东方民族早就知道了这一点。然而,在科学的发展进程中,这是否是一个发现还难以下定论,但我们的智慧很大一部分要归功于毕达哥拉斯,他在环游世界时获得了这一知识。也许是他的天才发现,也许我们很难精确地说出多大程度上归功于他,但人们后来是在他的基础上,发展、完善这一定理的。这不是一个孤立的现象。据记载,毕达哥拉斯对欧几里得《几何原本》中的第四十七命题,也做出了贡献。我们还要感谢希腊人的另一项发明:阿基米德发现圆的周长是其直径的三倍。

从哲学转向历史,我们看到一个非常了不起的人物——希罗多德。从时间顺序上来讲,他并不是接下来出现的一位作家,因为埃斯库罗斯比他早几年。希罗多德的《历史》被崇拜他的编辑们编成九册,分别用九位缪斯的名字命名,也可能是他本人划分的,他的崇拜者只是指出来，并深感佩服。希罗多德是哈利卡那苏斯[①]的本土居民，早年在家乡惹上麻烦，被迫离开，开始旅行。他仔细研究了他所走过的不同国家的历史，从埃及到黑海，把他见到的一切都记录下来，因为那时还没有书籍，希罗多德把他提到的当时所有重要的事件都刻在了铜碑上。39岁那年，希罗多德回到希腊，在奥林匹克运动会上宣读他的著作，引起了强烈反响。确切地讲，希罗多德的历史书是许多国家情况的简介，它用醒目的方式展示了希腊人内在的精神和谐。希罗多德的著作是从吕底亚[②]的国王克罗伊斯[③]讲起的。他只是提到克罗伊斯，突然就把话题转到波斯人那儿，然后又由于一个事件的引发，我们读到他关于埃及人的长篇大论，这样的情形还有很多。刚开始时，我们感到这样被作者"随意地"拖着转来转去有些烦躁，但不久就发现这是和谐的内在需要，最后我们看到所有这些不同的叙述都汇聚到波斯入侵希腊上，正是这种内在的精神秩序使希罗多德成为希腊的散文家。看看他创造的那个文学世界是十分有趣的，可以说没有比希罗多德更诚实、更有智慧的人

---

① 哈利卡那苏斯（Halicarnassus）：一座位于今天土耳其境内小亚细亚西南部爱琴海上的希腊古城。在公元前4世纪，阿米特米西娅王后在这儿为她的丈夫摩索拉斯国王修建了一座雄伟壮观的陵墓，这座陵墓被认为是世界七大奇迹之一。
② 吕底亚（Lydia）：小亚细亚中西部的一个古国，濒临爱琴海，位于今天土耳其的西北部，以富庶及宏伟的首都萨第斯著称。它可能是最早——公元前7世纪使用铸币的国家。
③ 克罗伊斯（Croesus）：吕底亚末代国王，敛财成巨富，即位后完成其父王征服爱奥尼亚大陆的伟业，后试图阻止波斯势力的扩张，失败后被捕，在波斯宫廷供职。

了。我们看到他通过观察所写的东西就像一面镜子，真实可信。他不能确定真实与否的，是他收集的有趣的阿拉伯式故事——独眼巨人族、亚马逊女人国、在遮天蔽日的羽毛中生活的辛梅里安人①，但即使在这些故事中，人类天赋的智慧也不时显露出来，因为他推测这些羽毛可能仅仅是从天而降的雪片——这样希罗多德就从真实的历史逐渐转向神话和传说。他性情温和，一点也不反对波斯人，但在叙述同波斯人的战争、在面对公众演讲时，他还是用了强调的口吻，这表明他内心深处有着希腊人的情感。他没有过多责备斯巴达人的不守信用，尽管斯巴达人把前去索要食物和水的波斯使者——这已透露出投降的迹象——投入深井，并告诉他们井里有太多他们想要的东西。希罗多德的描述是我们有关那次战争的唯一史料，主要是通过他我们才认识了地米斯托可利②，地米斯托可利是用散文创作的希腊人典范，就像诗歌中的奥德修斯。到了我所说的**希腊鼎盛时期**，也就是波斯入侵之后五十年，即大约公元前445年，地米斯托可利的影响犹在，那一年是希腊百年全盛期最辉煌的一年。地米斯托可利无疑是世界上最伟大的人物之一，如果没有他，希腊毫无疑问会被波斯人攻克。看看那一时期希腊人的优柔寡断是很有趣的。希腊人想着逃跑，不愿意抵抗，甚至在列奥尼达一世英勇牺牲之后，地米斯托可利仍然花了很大力气说服他们不要乘船逃走，他说如果他们逃向大海的话，将会失去一切。然后他回答欧里比亚德

---

① 辛梅里安人（Cimmerian）：公元前七世纪横行于小亚细亚的游牧民族。
② 地米斯托可利（Themistocles）：古雅典执政官，实行民主改革，扩建海军，指挥萨拉米斯海战，打败波斯舰队，遭贵族派指控"叛国"，亡命国外。

斯,这个回答虽然为一些人诟病,但在我看来却是人类最好的回答之一。欧里比亚德斯在白热化的争论中,威胁地向他挥舞着大棒。"你可以打我,但先听我说。"是他做出的唯一回答。受到欧里比亚德斯这样的侮辱,拔剑将他杀死是再自然不过的事,任何一个人都能这么做,酒馆里运货的车夫也能做到。可是地米斯托可利为了消除怨恨而克制自己,为了把所有的军队团结起来拯救国家而放弃自己的复仇,在我看来是真正伟大的行为!像奥德修斯一样,地米斯托可利在这样的场合表现出过人的智慧。比如,当被赶出希腊时,他来到自己最凶狠的敌人——波斯王面前,他曾消灭过波斯的军队,波斯王悬赏要他的人头,但现在波斯王宽宏大量,没有伤害他。第一次见到波斯王时,波斯王问他对希腊人的看法,地米斯托可利感到这个问题不好回答,便机智地说:"语言就像卷起来的波斯地毯,里面有很多美丽的色彩和图案,要想看到、欣赏上面的色彩和图案,必须先把地毯打开,展现在眼前。"因此他需要时间来掌握足够的波斯语言知识,才能以自己独特的方式,而不是零散地、支离破碎地,把自己的见解告诉给波斯王。波斯王对他的回答十分满意。

在地米斯托可利生活的时代,稍早于希罗多德,希腊的悲剧创作开始了。我认为埃斯库罗斯是一个**真正的巨人**(我使用巨人这个词,要远远超过通常雄辩术中无足轻重的修辞内涵),是古往今来最伟大的人物之一,伟大的人物通常行动笨拙,不拘小节,就像阿纳刻(Anak)的儿子一样。简而言之,埃斯库罗斯的性格就像他笔下的普罗米修斯一样,我觉得再也没有比研究埃斯库罗斯更令人愉悦的事情了。听沉默的古人用他们粗糙、原始的语言,给你讲述从创世纪开始他们对所有事物的看法,会令你感到不可思议。他的《阿伽门农》(*Agamemnon*)开头很好,写一个守卫站在塔楼顶上,等待着从他的国家传来胜利的消息,他已经在那儿日夜坚守,等了一年之久。突然,他还没有来得及说出一句话,火光冲天而起。这是一个非常壮观的场面,克吕泰墨斯特拉①后来绘声绘色地描绘了那个信号,大火烧光了艾达(Ida)山上干枯的石楠,然后冲向巨浪滚滚的大海,火光从一个山顶反射到另一个山顶,最后烧到萨拉米斯岛②。埃斯库罗斯自己也带着武器,此时的他一定是一个可怕的怪人、一头复仇的雄狮。读到他的描述,你会对自己说:"连上天也会帮助同埃斯库罗斯搏斗的波斯人。"据说在创作时,埃斯库罗斯的面容显得非常可怕。有人指责他好夸大其词,埃斯库罗斯出身低微,非常难以相处,但说他夸大其词并不合适。他的创作来自他心底的熊熊火山,他常常让它在内心深处燃烧,然后,火山爆发,挟裹着词汇,将他的心撕成碎片。

接下来的一个戏剧家是索福克勒斯。泰斯庇斯③认为埃斯库罗斯在手推车里发现了悲剧。泰斯庇斯在他那个时代非常出名,但他

---

① 克吕泰墨斯特拉(Clytemnestra):阿伽门农的妻子,在情人的帮助下,在阿伽门农从特洛伊战争返回途中将他谋杀,之后她自己也被儿子所杀。
② 萨拉米斯岛(Salamis):希腊雅典以东萨尔尼科湾的一个岛屿。公元前480年在发生于该岛东北沿岸附近的一次重大海战中,地米斯托可利率领希腊人打败波斯舰队。
③ 泰斯庇斯(Thespis):公元前6世纪古希腊雅典诗人、悲剧创始人,开创演员和合唱队领唱的对白,悲剧的对话即始于此。

的作品没有流传下来，不过他使悲剧成为一种正式的艺术形式。索福克勒斯继续完善悲剧这一艺术，他有一颗比埃斯库罗斯更为高雅、纯净的心，他把悲剧阐释成一种美妙的音乐合奏。埃斯库罗斯只是在情感迸发方面略胜一筹，索福克勒斯的《安提戈涅》（*Antigone*）是人类所能写出的最好的戏剧。

欧里庇得斯是继索福克勒斯之后又一个伟大的戏剧家，他有时被比作拉辛，有时被比作高乃依，但我认为他和高乃依没有多少相似之处。他的作品不时揭露社会的弊端，清楚地表明那是一个思索的时代、一个怀疑的时代。他的剧作常常只**追求效果**，不像荷马或埃斯库罗斯那样全神贯注于戏剧动作，但这样的戏剧效果非常感人。有人说他不信神，在怀疑主义者那里，不信神和**追求戏剧效果**这两样东西常常相提并论。当文学不注重诗性而转向玄思时，文学的各种门类都将走向衰落。苏格拉底标志着希腊的衰落，代表着希腊人过渡时期的思想，他是欧里庇得斯的朋友。这么评价他似乎有些外行，我完全认为他是一个感情深沉、有道德的人，但我又完全能理解阿里斯托芬对他的评价，说他是一个要用自己的革新将整个希腊都毁灭的人。要理解这一点，我们只能回到上一讲中谈到的希腊信仰体系的独特性，这种信仰是他们所有信仰的顶峰。你会记得希腊人的信仰体系对希腊人具有重要的意义和价值，甚至看似最荒谬的部分——神谕，也不是一种骗术，而是信奉者虔诚的信仰。不管你如何称呼这种行为，如果一个人相信他所做的一切，听从其信仰强有力的呼唤，当然是通过向内自省，而不是依赖世俗的情感，他会处在一种最佳的心智状态，能够正确而明智地判断未来。他们看到他们中最虔诚、最有智慧、最受人尊敬的人，也信奉神灵，这就形成了人类最初的异教集会。此外，希腊还有各种庆祝活动，主要是祭拜各种神灵，而且得到神谕的允可。我们会发现希腊的信仰总的来说给希腊人提供了基本的帮助，整个希腊民族从中获得了一种力量与和谐。即便不能说整个希腊民族因为信仰而团结在神的权威之下，但至少可以断言最高的报偿和目的是每一个人都会有的，而且每个人都视其为头等大事。但是在苏格拉底时代，这种献身精神很大程度上被抛却了。苏格拉底自己并不比别人更好怀疑一切，他对自己国家的传统信仰一直怀有一种敬畏和留恋，我们常常搞不清他是否信仰它。人们会以为，他一定过着非常痛苦的学者生活，终其一生。苏格拉底的父亲是一位雕像师，他从小受到雕像艺术的熏陶，但不久就背弃了它，好像除了有助于提升精神的工作之外，其他的他都不做了。从那时起，他热衷于传授道德和美德，并终生献身于这一事业。我不能说这里面有任何邪恶的东西，但在我看来里面确实含有完全无益的成分。我很崇敬苏格拉底，但我认为他的著作中有许多关于美德的空洞言论，他没有给出一个答案。苏格拉底的著作中没有现实生活，虽然他本人是一个始终如一而又坚定的人。苏格拉底之后，希腊变得越来越好争辩，希腊的哲人失去了独创精神，失去了诗性精神，代之而起的是沉思。尽管希腊人奋起反抗，亚历山大大帝最终还是征服了希腊，虽然此后造型艺术等繁荣了很长一段时间，但希腊再也没有出现杰出的人物。

第三讲

> 罗马人：他们的性格、他们的命运、他们的作为——从维吉尔到塔西佗——异教的终结

我们已经花了两天时间试图对希腊人的现实生活和精神追求有一个概括的了解。现在我要换一个话题，让西欧最古老的一段历史暂告一段落。

我们下面来探讨罗马。如果说希腊人是早熟的**儿童**，他们**天真无邪**而又举止优雅，他们的整个历史显露出更高文化和文明形态的曙光，那么罗马人则是正常发育的**成人**，他们的历史辉煌、热烈而又充满艰苦的岁月，与希腊相比无疑不那么美丽，不那么优雅，但更富于实用色彩。

我们没有足够的时间来讨论罗马人的思维方式，但幸运与巧合的是，罗马人没有特别需要深入探讨的地方。罗马人的生活和思想观念是对希腊人的延续，可以说是希腊的翻版，在思想和行为上也是异教徒。因而罗马的作家或思想传播者，相应地也无须我们多加关注。

罗马人的最初出现，他们对希腊的融入，是很独特的。塔瑞提尼

人也是希腊人,是大希腊的古老居民,我在第一讲中提到过大希腊,他们于公元前280年派遣使者去见皮洛士——伊庇鲁斯的国王。皮洛士是一个野心勃勃、尚武的国王,一心要征服别人,而这正是塔瑞提尼人前来找他的原因。他们恳求皮洛士到他们那儿去,帮助他们反抗罗马人,罗马人这一称呼在当时有野蛮人的含义。皮洛士乘船前往,登陆后对罗马人开战。据普鲁塔克记载,当皮洛士看到罗马人布阵打仗时曾说:"哦,这些野蛮人打起仗来并不像野蛮人。"后来他付出了很大代价发现罗马人在打仗时一点也不像野蛮人。几年之后,皮洛士被罗马人打败,而在又一次战役中,他的部队全军覆没。他说过这样一句话:"有我做统帅,有罗马人这样的士兵,我会征服全世界。"

在罗马彻底征服希腊一百年之后,即公元前280年,罗马与皮洛士的战争开始了。希腊人的生活在罗马更加粗糙、坚实的生活冲击下,彻底瓦解了。科林斯①被占领后摧毁,希腊大势已去。在亚历山大之前一百年苏格拉底去世时,希腊已经出现衰落的迹象,现在,由于科林斯被攻占烧毁,甚至埃及和她的托勒密王朝,安条克②和她的塞琉古帝国相继落入罗马人之手,就像一个漂亮的水晶瓶子在坚硬的石块上摔碎了一般,罗马人强大的力量难以用语言来形容。据罗马人自己记载,他们在那之前已经建国二百八十年,大致是在公元前750年建立的,但那之前他们的确切情况,我们一无

---

① 科林斯湾(Corinth):在希腊中南部,靠近伯罗奔尼撒半岛东北端。
② 安条克(Antioch):古代叙利亚的首都,其遗址在今土耳其境内。

所知。现在我们非常清楚他们古代的历史学家都是希腊人,他们把那些征服他们的人记录在历史上。李维①在罗穆路斯②和瑞摩斯③的故事中,说他们兄弟俩被扔进台伯河④,由于当时正赶上涨潮,兄弟二人被冲上岸,由一只母狼哺育长大。还有塔克文众王⑤的故事,这些故事不久前已引起古文物研究者和学者的怀疑,后被一位德国学者尼布尔⑥——你们一定知道他的名字,证实这一切只是**神话故事**,或者是传说,虽然有一定的意义,但对历史学家来说没有任何价值,至少在尼布尔看来是如此。尼布尔本人收集了大量的引文和其他材料,简而言之,他的著作是一项艰苦的劳动。但他对那一个时期没有提出多少新鲜的见解,你会发现他除了颠覆之外,没有得出任何结论。而且,在花费力气仔细研读了他的作品之后,我得出这样的结论:尼布尔对于那段历史知道的并不比我多。

毫无疑问,**曾经有一个人**在靠近当时还是荒漠的地方,为自己建了一座房屋,那里长满了乔木和灌木,可能旁边有一眼古泉,后来称它为朱特纳泉——当时世界上最古老的泉之一,而且那时可

---

① 李维(Livy):古罗马历史学家。著《罗马史》142卷,记述罗马建城至公元前9世纪的历史,大部分佚失。
② 罗穆路斯(Romulus):战神之子,罗马城的创建者,"王政时代"的第一个国王。
③ 瑞摩斯(Remus):战神之子,罗穆路斯的孪生兄弟,因在修筑城墙时与罗穆路斯发生争吵而被其所杀。
④ 台伯河(Tiber):在意大利中部,流经罗马。
⑤ 罗马王政时代有7位君主,最后一位国王被称为"高傲者塔克文"。
⑥ 尼布尔(Niebuhr,1776—1831):德国历史学家,曾在柏林大学讲授罗马史,著有3卷本的《罗马史》,运用原始资料鉴定法,开创了以批判的科学方法研究历史的先河。

能还存在着。但他是谁，房屋是怎么建造的，我们均不得而知，只知道它后来成为除耶路撒冷之外世界上最著名的城市，而且注定是一座记载最多的城市。尼布尔证明罗马人表现出两个不同民族的特征：首先是佩拉斯吉人，这个民族从古时起就居住在意大利的低地，他们和希腊的佩拉斯吉人是同一个种族，后来后者成为古希腊人。其次是伊特鲁里亚人或托斯卡纳人，一个完全不同的民族。约翰尼斯·冯·缪勒认为他们是北部的日耳曼人或哥特人，人们是从保留下来的各种艺术、赤陶土、焙土残迹中了解到这个民族的。温克尔曼认为这些保存下来的东西具有埃及人的特点，说从其凝重、简约、沉郁的风格中可以看出这一点。一直到最后，伊特鲁里亚人仍然是罗马人中的肠卜僧①，这个种族性格沉郁，和希腊人令人愉快的、优雅的性格截然不同。在罗马人中，我们看到这两个种族的融合，一个形成贵族阶级，另一个组成平民大众。罗马人的主要特征并不体现在我们在古老的伊特鲁里亚人那里看到的艺术作品中，而是他们是一个农业民族，被赋予一种沉郁的力量，这一点从他们排干湖泊和沼泽、使其变成土地的方式和那些排水沟中，仍然能够看出来。在罗马的农学家，比如加图②、瓦罗③、科鲁迈拉④那里，

---

① 肠卜僧（Haruspices）：古罗马的占卜师，以察看为祭祀宰杀的畜生的内脏或肠子，以及观察闪电等现象来占卜凶吉。
② 此处的加图指老加图（Cato the Elder），古罗马共和国时期的政治家、演说家。他也是罗马历史上第一个重要的拉丁语散文作家。著有《创始记》《农业志》等。
③ 瓦罗（Varro）：古罗马共和国晚期的政治家，著名学者。著有《论农业》《论神事》《梅尼普斯讽刺集》等。
④ 科鲁迈拉（Columella）：古罗马著名作家，著有《论农业》。

033

我们看到许多经典的箴言。

从这些证据资料中，我们看到罗马这个民族有一种极为勤劳的节俭、一种充满活力的节俭。因此，在耕作土地时，即使有一个土块没有打碎，他们也觉得那是对大自然的一种不恭，而且我认为精耕细作现在依然被视为一种良好的耕作方式，这种勤劳的节俭是罗马人以征服者著称之前的本质特征。

节俭这种品质并没有受到尊重，它经常被视为一种吝啬的行为。当妨碍人与人之间的交往时，它确实是吝啬的，应当反对。但是我觉得如果理解得正确的话，节俭是人类在这个世界上最美好的品质之一，它让一个人克制自我，把现在的留作将来备用；它教会人们清点自己的财产，相应地调整自己的行为。这样来理解的话，节俭包括人在自己的行业中所能做的一切事情，我认为它最起码能暗示出一个民族的伟大。例如，荷兰人（没有比这个民族更坚强的了）、新英格兰人、苏格兰人，都是伟大的民族。概而言之，节俭是一个民族所有美德中最基本的。由于有节俭的美德，罗马人的性格中就有了一种伟大的严谨和忠诚，这是再自然不过的。希腊人的信仰与罗马人的信仰相比，轻快而又充满娱乐色彩。罗马的神很多，瓦罗列举出30000多个神灵，罗马人关于命运的观念——我们认为是异教的核心问题——比希腊人关于神的观念更具因果论色彩，而且它完全有赖于这个民族最初所具有的品质特征。罗马人关于命运的观念认为，罗马永远是全世界的首府，权利被赋予和罗马有关的每一个人，因而他们有义务为罗马做任何事情。这种信仰主要说明它的责任，不仅如此，它本身也建立在事实基础上。"罗马不是在这样做或那样做吗？"他们会问。这种坚定使他们祖先生活过的这个世界更加精细，如果把土地深耕15遍比14遍能获得更好的收成，那么就耕15遍。这种做法后来被罗马人应用到日常生活中的一切事务之中，而这样做使他们把自己提高到高于其他一切民族的地位。

讲究方法是罗马人的重要原则，就像和谐是希腊人的原则一样。罗马人对方法的讲究是一种和谐，但不是希腊的和谐中那种优美、优雅的东西，他们的和谐是规划上的和谐——一种建筑上的和谐，这种和谐体现在实践中孰先孰后的统筹安排上。他们最大的创造是注重实际，相比之下，他们不追求玄思。他们的职责不是去传授科学知识——他们知道他们的科学知识来自希腊人——而是传授实用的智慧，让人们服从于一个政体。普林尼[①]宣称他无法描述罗马："罗马如此伟大，它使天空更加高远，使整个世界文明起来，臣服于它的权威。"罗马正是这样做的，它延续了三百年之久，与邻国发生一些小冲突，征服一个又一个的国家，最后因征服皮洛士而获得整个意大利，把意大利完全变成了罗马的一部分。有人认为罗马人除了发动战争，扩张自己完全无权拥有的领土之外，没有做其他的事情，说他们只是一群抢劫者，但这明显是误解。历史学家通常想方设法写下那些容易引起误解的东西，而忽略了那些真正能显示出罗马人本质的东西。罗马首先是一个农业民族，为了储备粮食，罗马人把粮仓建在自己的墙壁里，但他们经常同邻国发生冲

---

① 普林尼（Pliny）：古罗马学者和博物学家，他写了37卷的《自然史》。

突,因此毫不奇怪罗马人会不时使用武力来强迫邻国采用自己的制度,尽管他们的有些做事方式是可笑的、野蛮的。我不是说罗马人遵循温和的原则,他们远远谈不上温和,罗马是在残酷的竞争和战争中建立起来的,但这也使它受益。除了已经说过的和应该说的对自由的理解,接受一个最有才能的人做领袖是真正的自由,这个人或者由我们自己,或者由其他人推选出来。没有人愿意看到一个愚蠢的人任意游荡而不去制止他或引导他,我们必须承认有一个英明的人来领导他是件好事,即使这个人使用武力这一看起来显得粗鲁的行为方式。但战争并不是罗马征服其他国家的主要法则,使周围国家臣服于罗马的,是他们发达的文明,如果罗马人的历史进程是完全愚蠢的,那么整个世界都会武装起来,反抗这个宣称要永远统治他们而又无权统治他们的专横暴君。那样的话,他们的权威也就不可能存在了。

罗马人征服皮洛士之后,又过了一百年,在与希腊人发生战争之前,罗马历史上出现了最辉煌的一幕,他们进攻邻近的西西里岛,在那儿遭遇迦太基人(Carthaginian)。迦太基是另一个古老的国家,强大繁荣,如果有可能,它比罗马人更想征服整个世界,但历史没有给它这样的机会。罗马和迦太基随后发生了战争,战争持续了一百二十年,即人们所说的三次布匿战争(Punic War)。这是罗马所经历的最为艰苦的战争。迦太基人是一个像罗马人一样顽强的民族,他们属于一个叫古迦太基(Punic)、腓尼克(Phoenic)或腓尼基(Phoenician)的种族,是一个现在被称为闪米特的东方民族,因为他们是闪族的后裔。他们是一个和犹太人一样的民族,像犹太人一样以倔强、顽强著称,我为他们没能征服罗马人,而是罗马人占了上风感到非常欣慰。我们有证据表明,与罗马人相比,他们是一个见钱眼开的民族,一心只想着发展工商业,为了钱会无所不为,在扩张领土、在一切方法上都极其凶残。他们的祭奠仪式非常恐怖,他们的信仰在《圣经》中经常受到谴责,连犹太人也不会那么做。在迦太基之围中,罗马人叙述说,迦太基人用自己的孩子向贝尔[①]献祭,贝尔就是摩洛神[②],用《圣经》上的话说:"让他们把火炬传递给摩洛神。"因为有贝尔的铜像,他们把铜像烧得通红,然后把这些不幸的人扔进贝尔张开的怀抱。他们的背信弃义众所周知,"古迦太基人的信仰"这一说法被雄辩的事实证明了,迦太基人决心竭尽全力来对抗罗马人。

汉尼拔[③]被拿破仑称为最伟大的将军,古代最伟大的战士,无疑是个卓尔不群而又坚韧不拔的人。尽管有强大的罗马帝国,他在意大利仍然统治了十六年之久。汉尼拔返回故土后受到同胞的诽谤。他是一个非常不幸的人,被从迦太基放逐,最后为了免落他的敌人罗马人之手,在走投无路的情况下服毒自杀。但迦太基最终被攻陷,被纵火焚烧了整整六天,这使我们想到耶路撒冷的毁灭,因为我看到犹太人有同样的坚韧和顽强,不管有没有可能,甚至是完全不可能,他们都信奉同样的信条。罗马之后的活动我们从尤利乌

---

① 贝尔(Bel):巴比伦神话中的天地之神。
② 摩洛神(Moloch):古代腓尼基等地所崇奉的神灵,信徒用儿童向他献祭。
③ 汉尼拔(Hannibal):迦太基统帅,率大军远征意大利,从而发动第二次布匿战争。曾三次重创罗马军队,终因缺乏后援而撤离意大利,后被罗马军队多次击败,服毒自杀。

斯·恺撒记录自己经历的《高卢战记》中可以看到，恺撒记录了他在高卢的十年战争，每一个计划在付诸实施之前都要反复斟酌。《高卢战记》的确是一本非常有趣的书，表现出罗马人不屈不挠的精神面貌：文明、有组织能力的人战胜了粗鲁、野蛮的人，镇静、忍耐战胜了蛮勇。蛮勇的人只要需要，随时准备去死。但除了蛮勇之外，他们也没有别的什么。

不管作家们怎么说，有一点是清楚的：他们之中没有人真正了解罗马的宪法到底是什么。尼布尔曾想尝试了解，但没能做到，而且我认为在缺乏资料的情况下得出这样或那样的结论是极不明智的。罗马的政治动荡不安，贵族和平民之间不断发生冲突，后者坚持贵族和平民平均分配国家的土地，共同享有国家的权力。我们不断看到脱离阿文丁山①的记载，而且不时发生暴力冲突，因此我不赞同一些人在恺撒占领罗马时声称共和国衰落的哀叹。这只是一场不断争夺猎物的战争，战争结束后看到他们之中最英明、最无辜、最明智的人登上权力的宝座，是一件令人高兴的事。罗马人在帝国时期达到了辉煌的顶峰，他们的疆土从幼发拉底河延伸到加的斯，从阿拉伯沙漠的边缘伸展到英国北部的塞佛留斯城墙。这是一个多么庞大的帝国啊！它告诫人类应该像他们该做的那样，耕耘土地，而不是互相讨伐！这是每一个人真正应该做的事情，耕种土地，而不是屠杀他可怜的同胞。

---

① 阿文丁山（Aventine）：古罗马七座山峰之一，于公元前456年成为平民居住地。

谈到罗马的文学，我们看到它是对希腊文学的模仿，但罗马的许多作品仍然有自己的价值。罗马的语言也有自己的特征，词源学家把许多词汇追溯到佩拉斯吉语，有一些甚至追溯到更古老的梵语，这就证明了罗马语是两种语素的混合，这一点我已经提到。但罗马语的独特性是它的祈使语气和祈使结构，非常适合于下命令。

因此在罗马文学中，例如在维吉尔、贺拉斯的诗中，我们看到罗马人的性格中有一种沉静的力量，但他们最伟大的作品书写在我们生活的这个地球上。他们的交通四通八达，从一个地方延伸到另一个地方，还有他们的引水工程，他们的斗兽场，他们的整个国家组织！所有这一切都是他们发自内心建设而成的，古罗马人对罗马的了解是何其之少！

所有的历史学家都试图把罗马伟大的品性告诉给每一位读者，并用这些伟大的品性去指导他们的行为。但历史学家忽视了不可能每一个人都会预知事物的发展，不可能每一个人都能及时认识到即将发生的事情的复杂性，因此，把国家的发展归结为每一个公民伟大、深厚的自发性更为合理。比如，我们之中有谁能说他完全了解英国，虽然他为她的繁荣做出了贡献？我们这儿的每一个人都有自己的理想，有人说要去印度，有人说要去当兵，每个人都有自己的人生目标。而所有这些统合起来，一个一个英国人的共同努力，带来整个国家的强大和繁荣。英明的政府只需要把这种精神导向一个正确的方向，但相信政府会制定一个使国家繁荣富强的规划，则是完全错误的。这些东西形成一个民族性格中深层的东西，一旦失去了它们，整个国家也就完了，就像一棵树的根被拔掉了，树的汁液不能通过树干传输到树叶上，这棵树也就停止生长了。

当一个国家健康、强大、不断发展的时候，文学通常并不发达。

在健康发展时期，一个国家往往不需要表达自己的心声，通常是在一个民族走向衰落的时候，文学才引人注目地发展起来。这一规律适用于所有国家，因为在健康发展时期，一个人或一个民族除了著书以外，还有其他很多方式来表达自我，重要的不是能否著书立说，而是要表达出**自己真实的心境**。在那种情形下，一个国家所做的任何事情对表达自我都同样重要。如果罗马人中任何一个伟大的人，比如说恺撒或是加图，除了耕作土地之外没有做任何别的事情，他们也会以那种方式取得同样辉煌的成就，他们会像征服它那样来耕种它。伟人做的任何事情都带有伟人的印记，在不谈德行的时候，可能会有最美好的德行。我希望听我演讲的朋友们思考、记住这一点：进步和文明可能是在人们不知不觉的情况下向前发展的；不管人们是否理解，一个国家的创始人可能会有追求活力和美德的本能情感，这种本能情感一代一代地传递下去，不断得到阐释，因为子辈除了继承父辈发现的东西以外，还会发现新的东西，并像父辈一样把它们传递给后代。因此，在进入讨论和演讲之前，它们会不断地得到阐发，在伊丽莎白女王时期我们真切地看到了这一点。简而言之，一切伟大的事情，不管是国家的还是个人的，都是在无意识的情况下做出来的！我在这儿无法展开论述，不过随着演讲的深入，我们会看到这一点，就像种子撒在宽广、肥沃的土地上，没有人看到它们是什么种子，但它们在我们面前发育生长，越来越茁壮。

那个建造房屋的人在得知罗马人或尤利乌斯·恺撒要来时，会怎么样？一切都要时间来证明！美因茨的福斯特发明了印刷术，直到现在我们还很敬佩这一发明，他从来没有想过印刷术发明出来以后会怎样。他发现能够很廉价地用来印刷他的《圣经》，他没有别的目的，只想把它们低价批发给其他书商。总而言之，从基督教到最平凡的真诚之曲，都是才华横溢的原创者无意识所为。莎士比亚也从来没有想过他有戏剧才能，他唯一的目的是要赚些钱，因为那时他经济困顿。而当我们发现一个事情是有意为之时，它一定没有任何非凡之处。一个弄出很大声响的东西很容易令人怀疑，就像一面鼓，发出很大的声音，但里面却空空如也。

现在我想简单梳理一下罗马文学。维吉尔的诗《埃涅阿斯纪》（Aeneid）很长时间以来一直受到而且还会继续受到读者的喜爱，是一部不朽的作品。《埃涅阿斯纪》也是一部史诗，像荷马的《伊利亚特》一样有名，但我认为这是一首完全不同的诗，远远赶不上荷马的《伊利亚特》。维吉尔创作《埃涅阿斯纪》时有一种致命的自我意识，他知道自己在创作一部史诗，其情节、风格，所有的一切都被这样一个错误的意识损害了。诗中的人物也和荷马笔下那健康、全心全意、精力充沛的人物，如忍受苦难的奥德修斯，或者阿喀琉斯、阿伽门农，无从相比。《埃涅阿斯纪》中的主人公埃涅阿斯完全是一个悲观性人物，他被卷入暴风雨之中，但他不是想着如何摆脱困境，尽自己所能地保护船只，而是坐下来抱怨自己的不幸。他说："还会有人像我这么倒霉吗？该诅咒的命运把我从一个港口驱赶到另一个港口，不给我任何喘息的机会！"还有诸如此类的话，然后他告诉手下自己是一个多么"虔诚的埃涅阿斯"，总而言之,他正是那种悲观之人,身上没有一点男子汉气概。但维吉尔的其他诗歌要好得多,《埃涅阿斯纪》不是他最好的诗篇。他对自然景物的描写很精彩,在没有那么强烈的自我意识、忘我地创作时,他是一个伟大的诗人。

维吉尔的诗歌温和、愉快,他也擅长描写女性人物,他笔下的狄多[①]前无古人。维吉尔本人恬淡、温文尔雅,出身于贫苦的农民家庭,从父亲那儿受了点教育,耕种父亲留给他的土地。他告诉我们,由于他的财产被几个士兵抢走,他不得已来到罗马,这是他好运的开始。他结识了麦凯纳斯,后来又结识了奥古斯都[②]。他举止文雅,因此和他住在一起的那不勒斯人,常常称他是"少女"。他性情温和,身体状况一直不好,经常受到胃病的折磨,受到困扰着杰出之辈的各种病痛的折磨!维吉尔的诗就像多年辛勤雕刻,而后拼在一起的图案,他的作品中也有罗马人的风格、罗马人的心胸开阔以及讲求规则,这些品质在罗马帝国时期已经表现出来,但完全没有荷马创作时的那种忘却自我。维吉尔的感伤和描写手法通常来自荷马和忒奥克里托斯[③],但整部作品的风格和内容精雕细琢,让我们想到如果不是过分注重效果,他会成为一位何等出色的诗人。

---

① 狄多(Dido):腓尼基人的女王,迦太基城的建立者。
② 奥古斯都(Augustus):即屋大维,恺撒的继承人,罗马帝国的建立者,第一任元首。麦凯纳斯(Mecaenas)是他的重要助手,笼络了许多有才华的作家,形成了"麦凯纳斯文学集团"。
③ 忒奥克里托斯(Theocritus):古希腊诗人,田园诗创始人,在30首田园诗中以《泰尔西斯》最为著名,他的诗对维吉尔及后来的田园文学有很大影响。

严格说来，我们认为维吉尔不适合写史诗。

关于贺拉斯我几乎没有什么可以告诉大家的，他也是恺撒的朋友，和维吉尔有着相似的经历，像维吉尔一样，他因为拥有庞大的财产而遭到控诉。他们同样受过磨炼，有人说这是"一种不寻常的幸运"。我并不一味仰慕贺拉斯的道德哲学，他的情感有时一点也没有陶冶性。他属于哲学上的伊壁鸠鲁学派。伊壁鸠鲁主义者认为，人除了让自己生活得舒服以外，没有别的信仰，他们在这个世界上只追求自身的享乐。贺拉斯在思想最成熟的时候，感到自己被一种黑色的忧郁所包围，然后，他看到一种吞没一切的死亡正在等待着他。他知道问题的症结所在，最后逃避到伊壁鸠鲁享乐主义的幻想中去。他的作品体现出一种世俗的智慧，而这是一种真正伟大的智慧！

值得注意的是，不久之后罗马文学就走向衰落。贺拉斯之后的杰出诗人是奥维德，他在创作时常常意识到自我的存在，和贺拉斯或维吉尔相比要逊色很多。从这时起，我们看到越来越多的自我意识和怀疑论，而且很久以后才走到尽头。我指的是塞内加[①]和他的侄子卢坎[②]，以及整个塞涅卡家族。塞内加来自西班牙的科尔多瓦，后来从政，成为尼禄的老师或者说导师。

---

① 塞内加（Seneca）：古罗马哲学家、政治家和剧作家，尼禄的老师，因受谋杀尼禄案的牵连而自杀。其哲学著作有《论天命》《论愤怒》《论幸福》等，悲剧有《美狄亚》《俄狄浦斯》等9部。
② 卢坎（Lucan）：生于西班牙的古罗马诗人，著有拉丁文史诗《内战记》，反对暴政，怀念罗马共和政体，参与密谋暗杀罗马皇帝尼禄，事情败露后自杀。

塞内加有几部哲学著作传世，还有几部悲剧（我想可能是12部）归在他的名下，其中几部据说是他的侄子卢坎写的。不管怎么说，这些作品是塞内加家族的成员写的，带有塞内加哲学的深刻印记。如果我们想找一种**病态**的自我意识，一种夸张的想象力，一个充满各种奇思怪想的头脑，一种躁动的理性，一句话，一个不能正确地说出任何事情真相的人，塞内加是一个典型。他那奇怪的幽默把他引向各种各样的伪善和不诚实。比如，他把美德夸大到极端可笑的地步，说世界上没有邪恶这种东西，说人类无所不能，在这个世界上像神灵一般，仅凭意愿就能战胜邪恶和灾难。在说这一切时，塞内加只是一个巧舌如簧的逢迎者，除了积聚钱财之外什么也不关心，他挖空心思地奉承尼禄。事实上，要读他留给我们的作品，如果没有怀疑精神，是不可能理解的。我们禁不住会说："他所说的一切都是不正确的。"我愿意承认他非常渴望真诚，他也试图说服自己他是对的。但即便是这样，当我们把他的这种做法与其他东西联系在一起思考时，可以看出这是一个危险的错误。我们可以说塞内加的做法和自负、骄傲、虚荣是同样的东西，这些东西是世界上一切事物的祸端，而且还会继续如此。当人们一旦不信仰自己的神明而信奉金钱，认为他们能用金钱买来他们想要的一切时，文学的衰败自然而然地就与罗马人的道德败坏连在了一起。

这种情形很快就会带来最可怕的道德败坏，这种败坏是世界上最骇人听闻的，以前没有，以后也不会有。但看到这是一切时代天才人物闻名于世的力量所在，是很令人吃惊的。最重要、最伟大的罗马作家在塞内加之后出现了,我指的是塔西佗[①]。对于发生在他那个时代的重大事件,他也许比任何一个前辈都表现出更多的罗马精神,他的心没有被邪恶、贪婪、道德败坏这些肮脏的东西所蒙蔽,这一点也在他对日耳曼人的评价中表现出来,因为要一个罗马人说野蛮民族的好话,或者对野蛮人的同胞抱有其他看法而不是认为他们生下来就是罗马的奴隶,是一个新鲜的见解。在日耳曼人身上,他看到了一种价值,而且在这些日耳曼人就要来摧毁他那个腐败的国家时,他似乎已经有了这种恐怖的预感。他说:"日耳曼人不断地对这个国家那个国家发动战争,也许这是上帝的旨意。"在他国家的文学如此发展的时候——这种情形和我们已经知道的罗马历史非常吻合,在欺骗、奉承之风盛行的时候,在文学批评家著书立说教导大家如何来发表意见的时候,在谎言和邪恶盛行的时候,塔西佗出生了,并最终成为一个真正的罗马人!他像一个站在黑夜边缘的巨人,看到各种各样的事件从他身旁匆匆掠过,不知去向哪里,但可以肯定那不是一个什么好地方,因为伪善和怯懦除非被彻底摒弃,否则不会消失。这一切他都看在眼里,并用一种沉重、冷静的笔调将其写出来,平静地向我们讲述他对提比略[②]和其他人的看法,而且随着写作的深入,他除了深思已不再感到吃惊,他无法做出解释,但认为一定会通过某种方式解决这个问题,因为他只信

---

① 塔西佗(Tacitus):古罗马元老院议员,主要著作有《历史》《编年史》等,现仅存残篇。
② 提比略(Tiberius):古罗马皇帝,长期从事征战,军功显赫,56岁时继承岳父奥古斯都的帝位,因渐趋暴虐,引起普遍不满,在卡普里岛被近卫军长官杀害。

奉古老的罗马人的信仰，周身洋溢着他们古老的善良和诚实。他比同时代的任何人都要著名，比李维要伟大得多。李维收集了当时所有柔和、美丽的神话，并将它们编织到一部非常有趣的历史书里。不过，作为一个历史学家，李维要比塔西佗逊色很多。

现在我们要离开世俗文学这个话题，因为在塔西佗之后，一切都在继续衰落，直至出现了各种弊病和毁灭。通过以上的考察，我们得出这样的结论：健康的信念和一个民族向外开拓的命运有奇特的联系。因此，希腊人继续他们的战争，一切也在继续繁荣，直到他们认识到自己的状况——希腊人后来变得越来越焦虑。我们看到，苏格拉底是一个转折点，在他之后希腊陷入了混乱和毁灭。罗马也是如此。老加图常常告诫罗马人："你们一旦接受了希腊文学，古老的罗马精神也就失去了。"但没有人听得进他的话，希腊的一切不断风行，他发现已经不可能阻止这种风行，虽然对这一点很生气，他在晚年还是学习了希腊语，并让自己的儿子也学了希腊语。但是已经太晚了，没有人再信仰什么了，每个人都决心要成为只为自己打算的人。在这一过程中发生了一件事，我要用塔西佗的话来重述这件事。塔西佗说在尼禄统治时期，罗马被放火焚烧，据说是尼禄下令这样做的。尼禄这么做很可能是因为他想要修建几条新的街道，但他嫌麻烦，不愿用其他的方式来摧毁旧房屋。后来他坐下来，对着火光弹起竖琴。于是，一个骇人的谣言到处传播，就像我从《编年史·十五》第44章中摘录的一段极富文学性的文字：

因此，为了消除那个谣言，他嫁祸于普通民众中被称为基督徒的民族，后来由于痛恨这个民族的邪恶，他不动声色地折磨他们。基督教的创始人是救世主耶稣，在提比略执政时期，耶稣被叙利亚的执政官彼拉多①钉死，因为彼拉多痛恨宗教迷信。但基督教只被禁止了很短一段时间，不久又传播开来，不仅在它最初的发源地朱迪亚②，而且还传播到其他国家，最后传播到罗马，那里是一切邪恶、恐怖之物的最终汇聚地。

塔西佗生活在他所描述的事件发生之后，他对这件事的认识并不比上面那段话所描述的更深刻，但他和伟大的罗马帝国不久就永远地消失了！在这种受鄙视的宗教——基督教中，在这种新的质素中，孕育着整个世界的未来！

这样我们就进入到下一个演讲题目。

---

① 彼拉多（Pontius Pilate）：罗马帝国犹太行省的执政官，主持对耶稣的审判，并下令把耶稣钉死在十字架上。
② 朱迪亚（Judea）：古巴勒斯坦的南部地区，包括今巴勒斯坦的南部地区和约旦的西南部地区。

第二部分

第四讲

中世纪——基督教——信仰——创造——虔诚信仰基督教的基础——希尔德布兰德教皇——十字军东征——行吟诗人——《尼伯龙根之歌》

现在，我们把注意力投向人类更为粗野的一面。我们将会看到在粗野的状态下，人用怎样的智慧来抓住送到他面前的知识与文化。由于我们已经在旧世界梳理了我们讨论的问题，现在，我们看看它在新世界的情形如何。我们首先在希腊，其次在罗马考察了多神论和异教体系。现在，我们有一段同样长的历史时期需要考察，那就是现代世纪，即基督降生以来的大约一千八百年时间。我们已经考察过的基督降生以前的时期，和基督降生至今的时间差不多长短。因此，我将从我们称之为"过渡时期"或者说人类现代生活的形成时期开始考察。在这个时期，我们的信仰和总的生存方式开始形成。人们通常把中世纪称为黑暗的、未开化的、野蛮的时代，一位作家甚至称之为"长达一千年的黑暗"，但现在众所周知不能这么说。在中世纪的早期——动荡、残酷的时期，只有罗马人才能成为作家。那些野蛮人虽然踏上了征服者的舞台，但并不喜欢写作。

因此，这些作家对入侵者极尽侮辱、悲悯之能事，以极度的恐惧和愤怒，叙述其罗马帝国的倾覆。因而，在他们看来，野蛮人就是坏和低级的代名词。即使到了今天，我们也用"哥特人"来称呼那些征服者的后代。然而，野蛮人入侵以及他们在罗马建立统治的时期，的确是一个伟大、欣欣向荣的时期。我在歌德的作品中找到一句话，很能说明这一点。他说，必须注意的是，"信仰和无信仰是人类本性中两个极端对立的原则，整个人类历史的主题，依我们所见，就是这两个原则的斗争"。他继续说道："凡是信仰占统治地位，信仰是主导因素，信仰是行动的激发力的时代，都充满了重大的、震撼人心的、丰富多彩的事件，值得人们永远记住。相反，当无信仰占上风时，那个时代就是平淡无奇、乏善可陈、本质上平庸的时代。在这样的时代，人类缺乏精神食粮，没有精神上的营养可以汲取。"这是迄今为止最富有创造性的段落之一，我们在对中世纪这一阶段进行专题讨论时，应该把这段话牢记在心，因为我们看到在中世纪，信仰战胜了无信仰这样一个伟大的现象。而且这段话完全是放之四海而皆准的，它以两种方式给整个世界历史带来了光明，因为信仰既是事实本身，又是其他事实的根由。信仰只出现在心智健全的人心中，它既是心智健全的暗示，又是心智健全的根由。因为尽管为了思考一个问题，在某种程度上需要一种怀疑精神，但怀疑毕竟是理智的一种病态情形、一个中间过渡，说那种思考的结果是怀疑是完全没有道理的。正如我所说的，怀疑是一种病态，是心智的瘫痪状态，即精神的极度痛苦状态。这对一个心智健全的人来说是无法接受的，如果别无良策，就一定要将其彻底摒弃，它除了给人带来心理负担之外，没有别的好处。因此，信仰是心智健全的反映，也是心智健全的根由。当整个社会都有信仰时，我们确信这个社会能说到做到。我们上面引述了歌德的话，歌德注重的是情感而不是理智，毕竟，情感是最有影响力的。我们有关物理学的知识，有关科学进步的见解，都依赖于每个人的理解以及自己心目中对它的想象。

因而，在中世纪，与事实和现实交流，与真理和本性对话，不只是和道听途说以及无用的公式打交道，而是在心里感受真理的存在，这才是这个时代伟大的事实——信仰！它独立于那些教义之外。同样，在真正的异教徒时代，在诸多的荒谬与责难中，我们也看到许多有成就的东西。这其中也有一种信仰，这是基于他们的诸多意见而做的自我调整所达到的。不管是否用语言表达出来，他们在自己身上发现、辨认出了"命运"的存在。若不是意识到他们的信仰体系中存在着冲突和矛盾，就不会有此发现。毫无疑问，这些冲突和矛盾起初引起了他们的注意，不过他们调整自我去逐渐适应。然而他们的信仰和生活方式中有这样一种东西——**相信自己**！他们认识到了人是什么，即人被赋予多么高贵、多么崇高的品质！这一点尤其表现在后期，那时旧的信仰已经消亡，其精神成果只保留在哲学家身上。比如，特别是保留在于罗马盛行一时的斯多葛派哲学家身上，保留在后期罗马人的信仰方式所遵循的一切上。

人们在他们的观点中发现了一条伟大的真理，但被极度夸大了。例如，那种大胆的断言认为，在一切理性与事实面前，痛苦与快乐是一样的，人类对二者都漠然视之。人是世界的主宰，没有什么可以征服人类！更引人注目的是，这种断言表现出一种独特的斯多葛派哲学特征，斯多葛派是一群犬儒主义哲学家。很少有比第欧根尼①更引人注目的了，他接受了斯多葛的信条，并将其发挥到极致，声称已将个人凌驾于贫困、耻辱这些偶然情况之上。他把经历这些情形看作是一种学习、一门要学的课程，而且要做到最好。达朗贝尔②称第欧根尼是古代最伟大的人物之一，尽管他做事情的思维方式与达朗贝尔截然不同。比如，体面对他毫无意义可言。第欧根尼和亚历山大那一次不同寻常的会面看起来很滑稽：一个是世界的征服者，集骄傲、荣耀、辉煌于一身；另一个是穷光蛋，除了自己的身体、灵魂以外一无所有。第欧根尼言辞尖酸刻薄，在会见中亚历山大问能否给他些什么。"你往一边走一走，别挡着阳光。"这就是亚历山大所能给予第欧根尼的一切！这无疑是一个了不起的回答，人们应该充分认识到，太阳对人类来说已经足够了。不过如果我们考察一下基督教，考察一下这种让人类的生活及人类的本性变得高贵的宗教，我们确实会发现这样一点也在其中，即相信自己，这是造物主赋予人类的。但在**这种**信仰中还有好多没有表达出来的人类本性，这些本性不是表现为傲慢的轻蔑和对他人的轻视、居高临下的冷嘲热讽、蔑视他们的无足轻重，而是通过从内心深处完全摒除骄傲、忍受不幸和深重的灾难表现出来的。在犬儒主义哲

---

① 第欧根尼（Diogenes）：希腊哲学家、犬儒学派的奠基人，强调自我控制，推崇善行，他曾提着灯笼在雅典的大街上漫步寻找诚实的人。
② 达朗贝尔（D'Alembert）：法国数学家、启蒙思想家、哲学家，提出力学中的达朗贝尔原理，对偏微分方程做出了贡献，主要著作有《哲学原理》《力学原理》等。

学创立初期，周围的一切都充满了黑暗与苦难。我们看到犬儒主义哲学在创立大约七十年后，对塔西佗——那个时代最伟大的人——的影响。犬儒主义的历史表象与其内在含义是一致的，它的宗旨不是鼓励骄傲，而是要将其彻底摒弃。歌德有一段精彩的论述，说犬儒主义哲学是"对苦难的崇拜"，称它的信条是"苦难的庇护所"。歌德继续说道（着眼于它世俗的一面，而不去看它独特的信仰派别，只是把它作为最神圣的东西来看待），它第一次向人类展示了苦难和堕落——现实生活中人们最憎恶的东西——具有一种超乎其他一切美好东西的美感。探讨神圣的事物不是我们的事情，但如果对基督教没有深刻的理解，我们很可能就发现不了这个历史时期的意义。换一种说法，我们可以把它看作是中世纪存在于人类身上的来世观的反映。人类站在过去和未来的交汇点上，我们此时所说的和所做的事情从创世纪之初就存在了，我此时所讲的话从底比斯的卡德摩斯[①]，或从伟大的亚当家族其他古老的成员起就有了，而且将来还会无限绵延下去！

每一个人都会真诚地说他是在一个不朽的时代出生的，在一个不朽的时代出生后，他要看一看他能做什么不朽的事情。尽管人的一生和永恒相比如此之短，这种想法赋予短暂的人生以意义，如果没有这样的想法，人生就会没有意义。因此，人生是个无限大的舞台，无穷的精彩在那里上演，不光要认识到人的行为的意义，而且

---

① 卡德摩斯（Cadmus）：腓尼基王子，他杀死了一条巨龙并将其牙齿撒开去，牙齿撒到的地方突然出现一队人马，互相攻打，直到仅有五人幸存方才罢休。卡德摩斯同这五个人一起建立了底比斯城，并引进了文字。

还应该认识到人生的哲理，并且要不断地认识下去，在这种无尽的绵延中留下自己的人生痕迹。

不论我们对基督教教义持有什么观点，或者我们是否对它保持神圣的沉默，我们必须在基督教及其信仰中找到真理——它与其他理论有所不同——因为没有基督教，真理就不会被揭示，设想一个比它带来的世界更有意义的世界是不可能的。人们可以设想，当入侵的野蛮人那未开化的大脑与世界上的伟大永恒相碰撞的时候，他们会惊讶得说不出话来。直到这时，世界对他们来说才是可以理解的。那些被征服和混战冲昏了头脑的野蛮德国人，停下来没有任何争议地全盘接纳了基督教义。我相信争议是没有的，他们完全深信不疑，基督教义征服了他们的灵魂，由此产生了古代欧洲与现代欧洲明显的分界，不仅如此，它也是欧洲与整个世界的分界。

歌德曾经非常正确地说过，我们都能够创造，并注定要去创造，而且一旦创造出来，便不能再退回去，这是一个进步。对此，也许有各种各样的争论和谬见，有正确和错误的思索，但是我们能够很好地理解上帝神圣的教义，并不断地阐明它。随着时间的推移，其意义一点一点地被全部阐释出来。这只需要一颗纯净的心，即便其他的一切都毁灭了，即便没有了《圣经》，只要保持原来的传统和曾经取得的进步，我们就不应该往后退。日耳曼人是北方人，最适宜接受信仰并坚持它、发展它，赋予它最伟大的本质、最深刻的情感。如果我们在这崇高的进程中加进日耳曼人的特点，如果我们把这一切都叠加在一起的话，我们将会看到中世纪两个非常突出的现象，即伟大国家自我建设的可能性和所有美好的事物都来源于这些国家的可能性。由此看来，世界以什么样的方式发展下去就很有意思，在北方人入侵南方以来的两个世纪里，也就是从阿拉里克①起，一切都平静有序地往前发展。公允地说，每件事情都有了自己新的特点，并且都显示出一种灵活性，这种灵活性用我们开头所讲的话来说，标志着社会在野蛮状态下的理性努力。

接下来，我说一说我们称之为忠诚的东西。事实上，那种人对人的依恋和人自身存在的历史一样悠久。早期的国王和头领都有自己的追随者，比如阿喀琉斯有他的忠实追随者密耳弥多涅人②。人要想在社会上生存，就一定会有这种人与人之间的情感。同时，这种情感的呈现方式到了现代欧洲国家已经完全发生了变化。在现代欧洲国家，生活着罗马人和日耳曼人的后裔，他们有着最深厚的情感，浸润着神圣的基督教教义。在他们身上，有着很多伟大和崇高的品质，当然还有我们所说的忠诚这种情感。到了现代的时候，忠诚不再呈现为显性的形式，甚至不怎么受到推崇。很多人会把它看作一种陈旧过时的东西，人们更看重的是独立以及被视作伟大的美德等诸如此类的品质。这类品质才是最正确的，最适合时代发展和进步的要求。我们必须认识到，强求人们忠诚于那些不值得忠诚的坏事物，是很不能忍受的，也是这个世界所摒弃的。虽然我们承认这一点，但更优秀的思想家会认为忠诚是人性中永恒的准则，从现

---

① 阿拉里克（Alaric）：西哥特人领袖，曾三次率军入侵意大利，公元410年攻陷罗马，大掠三日。
② 密耳弥多涅人（Myrmidon）：希腊神话中忒萨利亚地区的一个部落。传说他们原是一群蚂蚁，后被宙斯变成人类，但仍然身材矮小。

实、世俗的观点来看，它揭示了人性的最高信条。除了忠诚，没有别的方式能够更安全地构建人类社会，在这样一个社会里，伟大的人物受到那些能够尊敬别人的人的尊敬。因此在中世纪，这是最高贵的现象，是人类社会最美好的阶段。忠诚是国家的根基。

另一个很重要的支点，即所有其他事物依附的枢纽，是教堂，它是一个旨在使宗教神圣的光芒永远闪亮的机构。无疑，那时的人们有许多荒唐的信条，但是我们必须记住构成信仰的信条并不都是科学的，构成信仰全部价值的是心的赤诚。当然，中世纪人们的很多信条是荒唐的、完全不可思议的，但是如果我们不把它们当作与神学无关的东西去分析，就会对其重要性视而不见。追溯早期基督教教堂如何在忽略和漠视中发展这一现象，是令人惊奇的。在上一讲中，我引用了塔西陀那段有名的话，除此之外，我们下面还要引用另一篇奇文，那就是普林尼写给图拉真①皇帝关于卑斯尼亚②基督徒的著名信件。这封信写于公元100年之前，但不知道确切的日期。在那样一个黑暗笼罩大地的年代，能看到一点光亮是很令人振奋的。但普林尼看不出这些人有什么价值。他写道："他们中的个别人承认自己是基督徒，一些人说他们两三年前是，但那之后就不是了。"不过有一些人**确实承认**他们是基督徒。普林尼继续说，他们还远不会撒谎，也没有什么恶习（邪恶的行为）。他们告诉他，

---

① 图拉真（Trajan）：古罗马皇帝，他改革财政，加强集权统治，大兴土木，修建城市、港口、桥梁和道路，发动侵略战争，向东方扩张领土，直抵波斯湾。
② 卑斯尼亚（Bithynia）：小亚细亚西北部的一个古国。

为了规避所有的恶念,他们选择一些日子(无疑是安息日),在太阳升起之前,聚集在一起互相劝诫讲道,然后友好地聚餐(无疑这就是宗教团体)。那时候,整个世界都充满了罪恶,而他们却远离了,也没有沾染上世人指控他们的罪恶。他建议对这些人应该另当别论,他们不应该受到迫害,因为他认为他们不会长久那样,他们已经同意放弃聚会,避免一切犯罪的事情。他接着说,一个值得注意的事实是,他认为他们可能会继续坚持他们的做法,但不会给国教带来危险,而他最近一直在忙于修复此前几乎被废弃的教堂,看到到这儿来的人比以前增多了。简而言之,旧的精神又回来了,一切都将恢复。这就是到第一个世纪末教会的特点,从那时起,教会开始在各地雨后春笋般地发展起来,不断召开宗教会议,每个教会都有主教。教会的主要权利在罗马这一点也毫无疑问,那时大主教所在的城市在主教的心目中无比重要,到了大格列高利[①]时期,罗马至高无上的地位完全建立起来。

那时,大主教的名字不是教皇(Pope),而是大主教(Primate)。大主教从罗马把他的指令发向信仰基督教的各个地方,他把奥古斯丁和其他几位僧侣一块派到英国,把我们的撒克逊祖先变成了基督徒。像其他一切事情一样,基督教内部有没完没了的矛盾与不和,但我们还是应该往好处想。

---

① 大格列高利(Gregory the Great):指格列高利一世,公元6世纪的罗马天主教教皇,极大地提高了罗马教皇的地位,而削弱了君士坦丁堡大主教的地位及职权,使得教皇的地位与皇帝相当。

基督教最鼎盛的时期是希尔德布兰德教皇任职的1070年前后[①]，或者说是在威廉征服英国之后不久[②]，那是最完美的时代。整个欧洲在信仰上非常坚定，牢不可破。到处是教堂、僧侣和女修道院，人们在那里静修研道，过着理想的修道生活。那是教师和牧师的时代，他们被派往世界各地去传经布道，把异教徒变成基督徒。当时构成人类社会的是教会，人类与永恒天国形成对照的也是教会。尽管不能肯定，希尔德布兰德似乎是托斯卡纳人的一位农家子弟，他是个伟大而深邃的思想家，由于没有其他更合适的工作，所以很自然地，他很小就进了修道院，成为著名的克吕尼修道院的一名僧侣。在那儿他很快以自己超人的悟道能力而闻名，连续受到重用，被好几个教皇委以重任，最后他自己成了教皇。从他的经历中可以看出他追求的是什么，一些新教徒说他是最可恶的人，可是我希望我们在今天能够超越那些看法。他认识到教会是世界上最高贵的地方，并决心把教会置于整个世界之上，激励人们的精神，给人以重要的引导。他首先颁布了让僧侣禁欲独身的教令，彻底摈除他们和世俗事务之间的联系，不过在神圣的事业中他们应该像战士那样劳作。

希尔德布兰德还提出过另外一个主张，虽然这一主张以前引起过争论，但他确实提出了一种新的东西，那就是教皇、主教、牧师的圣所不能接受德意志皇帝或任何一位世俗恩主的赞助。但是一旦受到教会的任命，他们的圣所就会得到正当的资助，这是因为世界

[①] 希尔德布兰德于1073年当选教皇，为格列高利七世。
[②] 1066年，诺曼底公爵威廉征服英国。

上没有法规能控制精神的东西。那时的德意志皇帝是亨利四世，一个没有多少智慧、对世事知之不多的年轻人，他反对这个主张，于是大主教就反对希尔德布兰德，由此产生了无数的混战。最后，在1077年1月，在卡诺萨城堡，就是现在摩德纳①的勒佐②附近的那片废墟，希尔德布兰德把德意志人驱逐出教会，把撒克逊人从亨利四世的统治下解放出来之后，就退隐了。那时撒克逊人武装起来，反抗亨利四世的统治，亨利四世被迫痛苦地来到希尔德布兰德面前，提出可以接受大主教给予他的任何惩罚。他的认输是很丢脸的，他被迫让所有的随从停在一定距离之外，身上只穿着表示悔罪的麻布衣服，在雪地里站了整整三天才被准许到大主教面前谢罪。有人由此会认为希尔德布兰德是一个傲慢的人，不过他一点也不傲慢，恰恰相反，在很多情况下他是一个很谦逊的人，但在这件事上他把自己看作基督的代表，拥有远高于尘世的权利。他的逻辑是：如果基督高于皇帝，那么皇帝就应该像所有的欧洲人那样，臣服于教会的权力。在这种情况下，无疑会有很多令人疑惑的事情，但也有很多令人振奋的东西，因为我们看到一个托斯卡纳穷苦农民的儿子，仅仅依靠自身的精神力量，使一个拥有铁的权力的欧洲伟大君主蒙羞！从宽恕忍让的角度来看，这的确是很了不起的，欧洲的精神站到了欧洲的物质之上，思想战胜了暴力。

从那以后，希尔德布兰德忍受了巨大的不幸，他被亨利四世在

---

① 摩德纳（Modena）：意大利北部城市。
② 勒佐（Reggio）：意大利北部城市。

圣安吉洛城堡囚禁了三年，直到去世。有些人担心这种情况会导致一种神权政治，并设想如果这种情形一直延续到今天的话，恐怕会出现一种最可鄙的迷信异端。但这完全是一个杞人忧天的设想。人的肉体总是在追求自己的权利，又总会以其他的方式带来危险，这就是，人的灵魂之身被人的肉体之躯所吞噬。

这就是当时教会的情况。那一时期，教会和忠诚是社会的两个支点。因此，彼时社会比它之前的任何社会都要高贵，呈现出认识的无限多样性、更好的人文性、更大的宽容性。从那以后，这个社会经历了很多变化，但是我希望那个时期培育起来的精神能够无尽绵延下去。

在那个有着健康、虔诚信仰的时期，一个奇特的阶段是十字军东征。我完全不是从政治的角度为十字军东征辩解，但话说回来，如果我们不对这些事件做些讨论，就会错过那个阶段伟大的顶点。看看彼得——一个贫穷的僧侣，如何从叙利亚返回家园，而且深信他的路线是合理的，并开始他穿越欧洲的旅程；看看他把此次旅行看作一种适当的、必不可少的把伊斯兰教从圣地驱除出去的责任，而在1095年于奥弗涅召开的克莱蒙特会议上，向大主教谈论此事，是很令人长见识的。有人看到彼得骑马前行，披着棕色的斗篷，外面裹着悔罪的外衣。他的行为打动了所有的人，并把他们的热情燃烧起来，他把铁板一块的欧洲煽动起来，从而威震欧洲，这与那个最伟大的演说家狄摩西尼①形成了多么鲜明的对照！狄摩西尼日复

---

① 狄摩西尼（Demosthenes）：古希腊政治家、雄辩家，反对马其顿人入侵希腊，发表《反腓力》等演说，后失败，服毒自杀。

一日、年复一年地思索那些我们至今还为之敬仰的、铿锵有力的句子，不放过任何一个细节，口含石子，面对大海，孜孜不倦地演讲。他这样生活了好多年，但最后并没有取得什么成就，因为他没有用他那雄辩的口才为自己的国家做任何事情。然后，我们再看看这个贫穷的僧侣，他在没有任何技能的情况下，开始自己的僧侣生涯，但他却有着比任何技能都要伟大的东西！因为曾有人问狄摩西尼，成为一个优秀演说家的秘密是什么，他回答道：练习！练习！再练习！那么，如果有人问我，我会说：信仰！信仰！再信仰！一个人要想说服别人，首先得说服自己。

十字军东征整整持续了一百多年，耶路撒冷是 1099 年被占领的。一些人钦佩他们是因为他们促进了整个欧洲的交流，另一些人钦佩他们是因为他们促进了中产阶级的发展和崛起，但我认为使他们与众不同、给他们罩上光环的最大原因，是欧洲一时间证实了自己的信仰，证实了它信仰环绕着外部有形世界的无形世界，这种信仰一下子进入了人们的生活！神圣的东西一下子进入国民意识之中这一事实，比任何其他的东西都更能产生实际的效果，它至今还存在着，就像这个世界上所有美好的事物一样，通过无形的渠道传播着。

在这些岁月里，不能渴望有什么文学，因为这是一个健康的年代。在上一讲里，我们已经提到文学的出现是这个时代不久就要衰落和颓败的征兆，促进文学发展的伟大原则正在孕育之中，这些原则在表现出来之前深深地潜伏着，而且人们意识不到，只是本能地遵循它们行事。文学不可能存在于连贵族和伟人都不能写作的时代，那时他们签署文件的唯一方式就是把戴盔甲手套的手指蘸进墨水里，然后按在文件上。强壮的武士不屑于写作，他有其他的职责。尽管写作是最高贵的表达方式之一，演说也是，但还有其他表述自我的方式。过一种英雄的生活也许比写一首英雄史诗还要伟大！这就是中世纪的情形。我并不是说理想的年代是完美的，远不是这样。过去的年代无一不充满着矛盾，如果心是赤诚的，在那个年代心灵就会感到厌倦和痛苦。但是我断言理想的年代确实存在过，那时英雄的心不感到孤单和孤独，而是受到赞赏，其伟大的目标是永远奋斗向前，那是真正的黄金时代！我们知道在任何别种情形下都不会出现黄金时代。人除非努力，否则不可能赢得什么。但文学的时代最终到来了，我指的是12世纪的行吟诗人和叙事诗人，他们不会耽搁我们很长时间，其作品是孩童优美的牙牙学语，用歌声和音乐歌颂那时已经兴起的骑士精神、英雄事迹和爱。这种诗从一开始就是完美的，后来没有多大改进。确实，也不可能在随后的时代有什么改进，因为我们注意到不久就兴起了一种与和谐精神相悖的情感，我们看到这种情感逐渐渗透到新教教义之中。与此同时，一切都是一种完美的和谐与宗教性统一。看到音乐和歌声已经大范围地走进所有的国家，是令人惊讶的。行吟诗人和叙事诗人属于截然不同的民族，一个属于诺曼人，我们英国人的祖先曾和他们融为一体；另一个，行吟诗人，属于普罗旺斯人，这就在他们中间形成了分界。来自北方的，也就是叙事诗人，歌唱骑士的历史，比如查理曼大帝、亚瑟王和圆桌骑士；而来自南方的则歌唱爱情、骑士、武士、等等。由于时间的限制，我现在对这个问题不能讲得太深入，但我简要地提一下，这两类诗歌的精神由于两位诗人而令人称奇地一直保存到现在，这两位诗人很难说是属于行吟诗人。尽管彼特拉克比真正的行吟诗人晚一个世纪，可仍有人说他可能是意大利的行吟诗人，当时意大利除了彼特拉克也没有别的诗人了，我指的是他在十四行诗和爱情诗方面所表现出的杰出才能。他身上体现出行吟诗优雅的精神，当然，缺点是有的，但在彼特拉克那儿这种优雅的精神以更加完美的形式表现出来，就像它躺在他甜美的心底一样。这类诗歌甚至得到国王和王子的扶持，比如狮心王理查和巴巴罗萨（Barbarossa）[①]就曾予以扶持。

我还提到行吟诗派的另一首诗歌，人们更为熟知的名字是《尼伯龙根之歌》（*Neibelungen Lied*），这是一首真正的叙事诗。这首诗大概创作于12世纪，它是但丁之前与中世纪有关的最优美的一首诗，体现了德国古老的英雄精神，听起来就像钢铁一样真实。它记录的是齐格弗里德（Siegfried）和侵入罗马帝国的匈奴王阿提拉（Attila）等早期头领冒险，以及整个国家向低地迁徙的故事，所有这些都投射到诗歌里面。《尼伯龙根之歌》是一流的作品，它可能不是要表现一个耀眼的天才，但远比那样做要好得多。它具有那个时代质朴、高贵、果敢的特点，里面充满了信仰、同情和勇气。《尼伯龙根之歌》是在六十年前发现的，但在发现四十年后才广为人知。我建议会德语的朋友认真研究一下这首诗，该诗已经出版了德语的现代版，但其原初语言对德国学者来说，还不像乔叟之于我

[①] 狮心王（Cœur de Lion）：英王理查一世的绰号。巴巴罗萨（Barbarossa）：神圣罗马帝国皇帝腓特烈一世。二人都曾参加第三次十字军东征。

们这样古远。这首诗是我们保存下来的那个时代最好的诗。

我们对中世纪的总体考察现在就告一段落。但是最后我必须说，我们不能由于中世纪的精神不凸显了，就认为它已经丧失，或者可能已经丧失了。不是这样的，人类的英雄行为在未来的日子里总会被唤醒，被怀念。随着时间的流逝，我们的确摒弃了中世纪的许多不和谐以及矛盾，但这正是我们对原初的自然之音——从远处传来的吟唱的观察之道。音乐家们说，没有什么比远处群山中以纯朴之声唱出来的圣歌，更能打动人的了。当然，歌声中会有很多不准确的地方，但从远处听来一切都是真实而明亮的，因为所有错误的音符都彼此消解了，在我们听到之前就被空气吸收了，只有正确的音符撞击了我们的耳膜。所以我们从中世纪只吸收了英雄史诗的精髓，在作家被淡忘之后，保存下来的只有英雄行为。荷马有一天将会淹没在时间的长河里，所有曾经生活过的最伟大的作家也会如此，而且比较而言，这只是微不足道的小事。可是英雄行为不会消失，它们的影响将永远长存，不管是好是坏，它们都会因英雄的幸福或悲哀而永恒。不同的是，好的行为即使在看不见的时间进程中也会延续下去，正如一条地下潜河，通常情况下是看不见的，但时不时会以泉水的形式浮出地表，给人类带来新鲜的感受。

下一讲我们将讨论但丁。

第五讲

| 但丁——意大利人——天主教——炼狱

我们现在要讲到欧洲在历史上的分裂，它伟大的基干分裂成不同的国家，一个接一个的国家先后独立。现代欧洲的每一个国家都在某些方面与其他国家不同，语言是每一个国家独特的东西，包含着自己特有的内容，不能用其他国家的语言来代替，它被赋予特殊的功能，有自己的卓越之处，有自己要表达的内容，这使每一个国家都彼此不同。我们将按顺序讲一讲。

值得我们关注的第一个国家是意大利，它是那些受野蛮人统治的国家中，最后一个形成自己明确特征的。不论在古代还是现代，它在欧洲都与众不同。意大利在文学、思想、艺术，在所有的人类智慧方面，都走在了前面。它还由于具有某些中世纪的特征——当时盛行的宗教情感，而占有重要地位。它是最后形成、最先出名的国家，是最后一个平息北方移民带来的骚乱的现代国家。伦巴第人（Lombard）在公元 6 世纪时征服了意大利，他们是最后一个统治意大利的德意志部落，保罗·狄亚康纳斯撰写了他们的历史，伦巴第人或者说朗戈巴第人（Longobardi，即 Longbeards，长胡子之意）是一个勇敢、智慧、杰出的民族，他们统治意大利达一百五十年之久，之后意大利分裂成众多的小公国和市镇，并且一直这么不幸地延续下去。第二个重要的事件是吉斯卡尔①征服意大利南部，这次征服是在 11 世纪，即伦巴第帝国最终走向衰落的两三个世纪之后。吉斯卡尔是坦克雷德·德·欧特维尔②的后裔，意大利所遭遇的最强悍的对手。他们占领的地方当年曾经是希腊、大希腊的国土，那些地方至今还保留着许多希腊用语，其中的一部分是今天的那不勒斯（Naples，那时叫 Neapolis，一个新兴的城镇）。萨拉森人③曾插足那儿，为了赶走他们，阿普利亚④的君主找来了吉斯卡尔，吉斯卡尔和他被称为"铁臂"（Iron Arm）的兄弟⑤出征，最终击垮了萨拉森人。这是一件了不起的大事：这些诺曼人（北方人）从野蛮的海盗起家还不足一百年的时间，在威廉大帝之前一百年就占领了法国。这是一个伟大的壮举，那不勒斯成为北欧的一部分，从那以后

---

① 罗伯特·吉斯卡尔（Robert Guiscard）：11 世纪诺曼人欧特维尔家族入侵南意大利的领导人，联合教皇，驱逐了神圣罗马帝国和拜占庭帝国在意大利的势力。
② 坦克雷德·德·欧特维尔（Tancred de Hauteville）：诺曼底的一个男爵，共有 12 个儿子和至少两个女儿。12 个儿子中的 8 个前往了南意大利，寻求财富与荣耀。
③ 萨拉森人（Saracens）：古希腊后期及罗马帝国时代叙利亚和阿拉伯沙漠之间诸游牧民族的一员，亦译为阿拉伯人。
④ 阿普利亚（Apulia）：意大利的一个行政区。
⑤ 指铁臂威廉，欧特维尔家族的长子。征服了阿普利亚，击败了拜占庭的军队。

一直没有变动。

如果不是第三个重大事件——罗马教皇的出现——这个事件不是突然的，而是渐进的（1077年罗马教皇在政治上达到巅峰），吉斯卡尔可能会征服整个意大利。但罗马教皇这时已经安定下来，有了自己的领土，他阻断了吉斯卡尔的进一步进犯，相应地，也阻碍了他们的进步。因此意大利注定要永远分裂，而且从政治上来讲，处于一种完全瘫痪状态。如果罗马教皇或者吉斯卡尔，不管是谁，统一了意大利，结局对意大利来说都会乐观得多，但意大利没有这样的运气。我们还是把目光投向意大利。我们看到她在欧洲占地面积很小，但意大利有其独特之处。尽管意大利人抱怨说他们的国家在现代欧洲没有产生应有的影响，而从地理位置和资源上来看，它具备这样的条件，不过我仍然认为意大利是一个伟大的国家，在某一方面比其他国家要伟大得多。意大利出了许多杰出的人物，在艺术、思想、行为上，在一切需要智慧的地方，都很出色。但丁、拉斐尔、迈克尔·安吉洛在各自的领域都是其他人所无法相比的，在其他领域还有哥伦布、斯皮诺拉[①]和伽利略。毕竟，一个国家所能做的伟大的事情是催生伟人，这是它在现实中唯一能让自己同其他国家区别开来的东西，这一区别比其他任何区别都更长久，战争与之相比只不过是微不足道的、卑微的事情！

由于我们时间有限，试图对整个意大利民族进行描述是不可能的。但每一个民族都有其伟大之处，当对这一伟大之处的意义进行

---

① 斯皮诺拉（Spinola）：著名将领。

阐释时，我们能够了解其他的东西。这儿我们以但丁为例。但丁是古往今来最伟大的诗人之一，也许是意大利最伟大的诗人，当然是最伟大的人物之一，《神曲》是他的作品。但丁1265年出生于佛罗伦萨，那是一个伟人辈出的地方。佛罗伦萨的创始人是苏拉①，在但丁出生之前二百年，佛罗伦萨已经闻名遐迩，中世纪时它起到了重要作用，但丁就诞生在那儿。但丁的家族在当时的佛罗伦萨非常显赫，属于杜兰特·阿尔盖利家族（Durante Alighieri，此后杜兰特家族不景气，逐渐变成了"但丁"）。但丁受过良好的教育，我们看到教他语法的中学老师，以及当时其他不同学科与他有过接触的伟大人物都提起过他，他在自己的家乡热心于公益事业。但丁曾两次投身战争，其中一次是与比萨共和国作战。他曾在14个不同的大使馆工作过。我想，他是在25岁那一年第一次在阿雷佐之战中为佛罗伦萨而战，最后但丁成为佛罗伦萨的最高执政官或者说最高地方官。

我们对教皇党成员（Guelphs）和皇帝党成员（Ghibellines）之间的争论不感兴趣，那些无意义的争论无须我们多费口舌。我们在希尔德布兰德同皇帝的论争中看到了这一点，一年又一年，一代又一代，没完没了。拥护教皇的是教皇派，赞成皇帝的是皇帝派。皇帝派这个名字来自威布林（Weiblin），它是霍亨斯陶芬的一个城镇，在温斯伯格附近，其真实名字是威尔夫（Welf）和威布林，意

---

① 苏拉（Sulla）：古罗马著名政治家、军事家，也是古罗马的第一个终身独裁官。

大利人把威布林称为皇帝党。教皇派是布伦瑞克①家族的祖先，布伦瑞克家族即是德意志那些领地的君主。我刚才说过我们无须为这些争论多费口舌，但有一点例外，在意大利的每一个城镇，党派之争都很盛行，每一个党派都竭尽全力来排挤其他党派。

但丁站在皇帝派一边，那一派在佛罗伦萨不占多数，而佛罗伦萨的党派之争相应地要激烈一些。在佛罗伦萨，放逐社会名流是常见的事，只要一个党派被对手推翻，就会有人遭流放。因此，那一时期大使馆的记录上没有但丁的名字，他被他的敌人流放了，流放的那一年他35岁。但丁后来和他的朋友一起做过几次努力，想返回佛罗伦萨，而且还举行了一场武装暴动，但都没有成功，因为佛罗伦萨的市民过于激愤，任何东西都无法使他们平静下来。但丁那时实际上相当于被抄家，那之前他已经被处以罚金。在佛罗伦萨的档案材料里还可以看到那时发生的一件事：要求地方官逮着但丁后把他活活烧死。他们对但丁的憎恨是如此强烈！但丁后来被减刑，流放到意大利其他地方。他是一个心碎的人！我们很难描述他的生活，不论悲伤还是欣喜，他都有一颗敏感的心，有着深沉的感情。但自流放以后，他就只剩下忧伤了。想到这一点是很令人伤怀的，但同时，如果他不遭遇不幸的话，可能写不出如此辉煌的作品。但丁永远是一个严肃的人，总是思考宗教问题、道德问题，而且，自从遭遇不幸之后，他已经不抱任何希望，他告诉我们他挚爱的一切

---

① 布伦瑞克（Brunswick）：德国中部偏北的一个地区，原为领地。建于13世纪，1918年独立后即加入魏玛共和国。

都不存在了，这使他的性格具有了双倍或三倍的执着。现在，现世对他来说已没有任何意义，他只注目那个永恒的天堂！人们对他在离开佛罗伦萨之前是否已经开始写作《神曲》持有争议，但无论如何，他没有写多少，《神曲》是在流放期间完成的。在流放期间，他的那些有权有势的朋友庇护他，给他安全感，因此他能将他的作品出版。五百年来我们一直在阐释它，而且在一千年后，甚至更远的将来，人们还会继续讨论它！

现在保存下来的作品很少能与《神曲》相比，埃斯库罗斯、但丁、莎士比亚——没有人能说出一个比他们更伟大的名字！他们的作品是大自然伟大心灵的絮语，是人类心灵的真诚坦露！但丁的《神曲》最初采用梦幻文学的形式，但随着写作的深入，不久就突破了这一形式。实际上，虽然他的开头很突兀，好像是一个梦幻，但他并没有清楚地说出来这是一个梦幻。诗的主题是永恒的三界：地狱，这是最后赎罪的地方，一个严厉、无情的判官毫不留情地统治着这里，处罚那些触犯了最高刑律的人；炼狱，这是一个在某些情形下涤荡人类罪孽的地方；天堂，这是灵魂享受永恒幸福的场所。这是迄今为止我们所拥有的最伟大的思想——深入人类灵魂的体验，这种体验比其他一切体验都更加惊心动魄，将它表达出来的重任落在那个其生活经历非常适合这项工作的人身上。但丁是一个命运多舛、非常不幸的人。他本性严肃，而他的生活又两倍、三倍地加重了这种严肃性。因而我认为，当天主教的所有资料记载都已失去，当梵蒂冈化为尘土，当圣彼得和斯特拉斯堡的牧师不在人世的时候，在将来的一千年，天主教将会在《神曲》这一卓越的古代文学遗产中幸存下来!

要找出但丁《神曲》的特征,我们首先要佩服他对自然和道德的深度挖掘,那种心灵的高贵,那种灵魂的博大,这一切使他卓尔不群。但丁的一切,他的愤怒,他的蔑视一切,他的同情心,尤其是他的悲哀,使他成为一代伟人。对于那些处于绝望中的人,他说了这样一句精辟的话:"他们没有死的希望!"但丁对于死亡有着多么不同寻常的看法!对多数人来说,死是可怕的,是最恐惧的事情,但对但丁来说,在悲惨的情形下被终身监禁,没有获释的希望,才是最可怕的事情!说实话,在我看来,死亡是恐怖的,除了但丁之外,没有人认为活着是比死亡更可怕的事情,尽管死亡会将青春和辉煌永远定格!但丁认为,人的心中有一种无限的向往、一种不灭的渴望,人们会因为这种向往和渴望去追求另一个世界!

同样,他描写一个人既被上帝痛恨,同时也为上帝的敌人所痛恨的段落也非常精彩。但丁视道德败坏为一种罪恶,对它有一种深深的厌恶,这种厌恶以前还没有走进过任何人的心田。但丁所说的那些道德败坏的人是见风使舵的人,他们甚至没有和魔鬼结盟的资格。他说:"我们不要讲他们,看一眼就走吧!"但丁最重要的品质是胸襟博大,它就像源泉一样,引发出但丁其他的品质。这一点是一切伟人都具备的,如果缺了它,一个人不可能有所作为,透过其成功,我们可以在每一位作家身上追踪他的宽宏和怯懦。但丁身上首先有一种朴实的美德,从他对道德的崇高见解中可以推断一切。其次,但丁有非常好的理解力,对一切事物都有惊人的见解。举个例子来说,他对未来、对自由意志、对罪孽的本质,都有独到的认识。他是一个富有创造性、思维敏捷、有远见的人,对一切事物都有深刻的洞察,这些和我们已经注意到的他的其他品质,像胸襟博大等,共同构成但丁的主要魅力。第三,他的诗富有音乐性,达到了吟唱的程度,他把自己的灵魂融在了里面,我们在诵读《神曲》的时候,有一种乐感匆匆滑过。这些特征——一颗博大的心、洞察力和音乐性,是一切时代真正诗篇的标志,它们不是某一个时代所特有的,而是一切时代自然而然都会有的,因为就我的观察,它是生活本身的表达,所有的诚挚之士,不管年龄大小,将会像在镜子中一样,在诗篇中看到他们自己的映像,并且会感激诗人像兄弟一样和他站在一起。就质朴而言,在《神曲》中,除了那个高贵的作者之外,读者几乎看不出它的高贵之处。因为作者专注于描绘他的主题,没有虚饰浮夸,而且似乎没有意识到他在做一件了不起的事情。在这一点上,但丁与弥尔顿截然不同。弥尔顿虽然不乏才华,但明显比但丁逊色,他把他的天使塑造成高大、庞然、失真的形象。弥尔顿非常生动地描绘了他的天堂和地狱景象,他的才能的确不同凡响。但我要说但丁所做的更了不起,他开辟了描写人类灵魂中那深不可测的悲哀之洲,他打开了希望和忏悔的活水源头!而我要说这比特内里费岛[①]还要高大,甚至比它高两倍!

  但丁的描绘中有一种非常优美的高雅。他思维敏捷,条理清楚,这一点从他处理主题时的坦诚上可以看出来。例如对于《神

[①] 特内里费岛(Teneriffe):加那利群岛中最大的岛。

曲》中他和维吉尔看到怪兽革律翁①的场面,但丁描绘了他和维吉尔如何降落在地狱第八圈的情景。他说革律翁像一只猎鹰在搜寻猎物,既不看猎物,也不看下面的一切,而是在空中盘旋。当这位鹰猎者大叫一声"下来!"时,它降落下来,一圈一圈地盘旋,然后远远地坐在一旁,带着轻蔑和不驯服的神情。这就是革律翁,然后它像一支离弦的箭,叉住猎物。描写这个场景只不过用了十几个单词,但它会永远留在人们的记忆里!

但丁对冥府的描写也同样简洁、坦诚。维吉尔带着他来到冥府,"光线如此之暗,人几乎什么也看不见,这里的鬼魂对他眨眼睛,就像人们在新月下眨眼睛一样",或者像老裁缝在视力不好而又需要穿针引线时所做的那样。这个比喻蕴含着丰富的真实性,诗的主题和作者的这种产生独特效果的奇异比喻形成对比,它使人对这个主题有深刻的认识。但丁对他们置身其中的这个场景的描写同样令人难忘,片片地狱之火像雪花一样飘下,落在鬼魂们的身上,把他们烧得焦黑。在这群鬼魂中,但丁看到了他以前的中学老师,他曾教过他语法课,老师用我们刚才描述的方式向他眨眼睛,但由于被烧得面目全非,但丁几乎认不出他来了。

但丁的才华在对弗朗西斯卡的精彩描写中表现得更加充分。但丁在地狱里关押犯了邪淫罪的人那儿发现了她。我不止一次地说过,我不知道哪儿还有比这更出色的段落,如果有人要挑选伟大作家的精彩片段,那么选这段好了。这段话语像母亲般温柔,尽管是

---

① 革律翁(Geryon):被赫拉克勒斯杀死的有三个身体的怪兽。

一个严肃的悲剧，但充满最温柔的同情，非常感人。在一个没有光线、像大海一样翻滚的地方，但丁看到两个人影，他想和他们说话，他们便来到跟前。但丁把他们比作张开翅膀的鸽子，但无法飞翔。其中的一个是弗朗西斯卡，她诉说了自己的不幸，她的诉说仅有二十行，尽管一个作家可以写上上千行而不嫌累赘。弗朗西斯卡的诉说里包含着对人类弱点的生动描绘，她感到给她的严厉判决令她窒息。"宽宏的人啊，"她说，"心地如此善良，来看望我们，假如宇宙之王（可怜的弗朗西斯卡知道自己触犯了宇宙之王那无情的戒律）是我们的友人，我们要为你的平安向他祈祷！"爱，不久就走进了一颗温柔的心，感染了她所爱的人保罗（像女性一样细腻地感受到了它）。"爱不需要对方的回报"，因此，她爱上了保罗，"该隐狱[1]在等待着那个残害我们生命的人"，弗朗西斯卡以女性的冲动接着说。然后，她用三行文字讲述了他们如何相爱的故事："有一天我们一起阅读兰斯洛特[2]怎样为爱所掳获的故事，只有我们两人单独在一起，我们彼此看着对方，当读到那个面带微笑的接吻时，他颤抖着吻了我！那一天，"她接着说，"我们再也无法读下去了！"

整个故事优美动人，就像在旋风中听到清晰美妙的笛声，如此地甜美、温柔、令人愉快！

下面一圈是关押饕餮者的地方，这里比弗朗西斯卡受的惩罚要

---

[1] 该隐狱（Caina）：是杀死亲属的罪人在地狱中受罚的地方。
[2] 兰斯洛特（Launcelot）：英国亚瑟王传奇中以最勇武著称的圆桌骑士，是王后的情人。

残忍得多，但弗朗西斯卡的故事是真实的。但丁说他认识弗朗西斯卡的父亲，她的故事一直萦绕在但丁心间。当听到她的述说之后，但丁像死人一样倒在地上。这也是他对那些批评他的人的回答，尽管那些批评不足为道。一些人认为《神曲》是但丁对他的敌人的讽刺，他把他们投入地狱来报复。现在看来，这么说但丁是再可耻不过的了，如果他有这种卑鄙的心理，可能永远不会写出《神曲》，它是用最纯洁的正义之魂写出来的。因此，但丁同情可怜的弗朗西斯卡，而且不想把她放在地狱里受罪，但上帝的公正注定她要在那里遭受折磨！

接下来对黄昏的描写令人拍案叫绝。这段写的是离开陆地的船员面对死亡的困境，悲伤涌满心间。任何一个曾经离开家园、离开挚爱之人的人，都不能不在内心引起强烈的共鸣！

我们一定不要漏掉法利那塔，他是但丁在《神曲》中塑造的一个极为出色的人物。他被囚禁在地狱里黑暗的漏斗中关押异教徒的地方，这儿还关押着卡瓦尔坎丁·德·卡瓦尔坎蒂——但丁一个最要好的朋友的父亲。对囚禁这些人的石棺的描写触目惊心，"被不同程度地蒸煮着"（特内里费岛也不像这样），石棺的盖子一直敞到最后一天，然后永远地盖上了。法利那塔听到但丁说托斯卡纳方言[①]，便和但丁搭话。他带着高傲的神情，这种对苦难的挑战态度在埃斯库罗斯的作品中十分突出，在但丁这儿出现了两三次。法利那塔问但丁佛罗伦萨有什么新鲜事？因为但丁在长期流放时，一直

[①] 托斯卡纳方言（Tuscan）：被视为意大利标准语。

想念着佛罗伦萨，他对佛罗伦萨充满了感情，甚至在佛罗伦萨遭受耻辱后，还是痛苦地关切着它。然后，卡瓦尔坎蒂问但丁为什么是但丁，而不是他的儿子来到这儿，他的儿子在哪儿？但丁回答说或许他的儿子曾经瞧不起维吉尔。**曾经**？卡瓦尔坎蒂问道，难道他已经不在人世了吗？但丁停顿了一下没有立即回答，卡瓦尔坎蒂倒了下去，但丁再也不见他的踪影！

这种突然的、出乎意料的行动在但丁的作品中比比皆是，在我看来，他是一个充满军事行动色彩的人，他的许多肢体语言都有着重要意义。在《神曲》中的另外一处，三个人"彼此注视着，就像对对方充满了信任一样"。在这些话语中，你能够和但丁感同身受！这一特征我不知道用什么词汇来更好地描述它，但在但丁的作品中确实非常突出。这些段落非常感人，让人想到他那不幸的遭遇，这些段落里面熔铸着一种压倒一切的忧伤、一种残酷的真理、一颗破碎的心、一种对佛罗伦萨的恨，还有一种对佛罗伦萨的爱！有一处是这样写的："哦，佛罗伦萨，欢呼吧，你的艺术在地狱里如此辉煌！"而在另一处他却说佛罗伦萨是一个藏污纳垢的所在。他以前的中学老师告诉他："如果紧跟着自己的星星，你就不会错过任何一个幸福的港湾。"他说得对极了。那颗星星从浩瀚的蓝色苍穹中不断地照耀着他时，他感到自己在做有意义的事情。但当他滑落到深海槽中时，他不久就再次迷失了，不得不像以前那样继续寻找它。当他的先人预言他将被放逐时，预言里再次蕴含着残酷的真理。他必须离开一切令人愉悦的东西，他必须学会栖息在别人的屋檐下，痛苦啊，痛苦！可恶的流放，只能和一些流氓无赖交往！

在《神曲》中随处可以看到你希望在人类身上看到的那颗心,然而,但丁不是一个像莎士比亚那样在创作时完全忘我的人,而是一个相对来说有点病态和狭隘的人,虽然他没有试着把这一点表达出来,但他似乎感受到了信念和卑微的希望,感到自己最后一定会上天堂!

一个著名的精彩片段!没有人,即使他是亚历山大大帝,即使他是但丁,即使他是所有的人合在一起,能为自己赢得永恒的荣誉!但丁也感觉到了这一点,他不看重名誉。他博大的心胸和他对佛罗伦萨近乎卑下的亲近,二者之间的矛盾很难清楚地表达出来,而且看起来似乎是这个世界赋予他的方言,不足以让他把人类的精神全部表达出来。

《地狱篇》后来成为《神曲》的三个部分中最受读者喜爱的一部分,它与最近三四十年①的时代氛围很吻合,这一时期的欧洲似乎更渴望一种激烈的情感、一种力量的震撼,而不是其他的东西。《地狱篇》无疑是非常出色的,但在我看来,《炼狱篇》同样精彩,我甚至还产生这样的疑问:总体上来看《炼狱篇》是不是更出色,更伟大?看到他们②攀上西部海洋中那个黑魆魆的、雄伟险峻的山峦,很是壮观,这个地方连哥伦布也没有来过。**一个圈层一个圈层**地走过,灵魂愈来愈得到净化,犯罪者的忏悔、卑微的希望,直到宁静与欢乐盈满心间。

---

① 是就卡莱尔演讲时(1838年)的时间来说的。
② 指但丁和维吉尔。

没有比《神曲》更讲道德的书了，它体现了基督教道德中最本质的东西！当然，人们今天已经不相信山脉会从大洋中拔起，也不相信那个"净界"山和它的黑色海湾之类的东西了。但任何一个有知识的人一定要相信有一个公正无私的上帝存在着，要相信悔罪是人类重要的事情，因为生活只不过是一系列的迷误，要通过悔过改正错误。但丁是以一种比任何其他方式更道德的方式，来表达那一信条的神圣性的，对他来说，任何其他信条相对而言都不值得他去肯定或否定。那种平和的耐心，那些灵魂期待千百年之后能够获得自由的不能用语言来表达的感激，所有这些都十分感人。加图守候着大门，那是一个美丽的黎明，黎明把黑暗驱赶到西边，大海在地平线上喘息。

> 它在黎明前逃逸，所以
> 我看见远处海浪的震颤。①

他似乎抓住了描绘日出的那个词，任何一位在海边看过日出的人都会辨认出这个词，《炼狱篇》的内在感情和它异曲同工。里面有个人这样说："告诉我的吉奥瓦娜，我觉得她的母亲现在不再爱我了。"——她已经把黑纱摘掉了！但丁用来描写自己忧伤的比喻是所能找到的最好比喻。

还有但丁同维吉尔、贝阿特丽彩的关系，他的忠诚、信仰以及

---

① 《炼狱篇》中的诗句。

他对维吉尔高贵品质的好感。我们说忠诚是中世纪的精髓。维吉尔从没有生过但丁的气,只有一次因为但丁过分注意两个伪善者争吵而生了气。"再过分一点,"维吉尔说,"我就要和你吵架了。"在这件事上,但丁自己有错,然后,维吉尔告诉他听这样的争吵是不合适的。贝阿特丽彩实际上是一个美丽的小姑娘,但丁孩提时代在一个舞会上见到她,那时她很小,只有九岁,但丁十岁。除了一次他在街角听到她跟别人说话之外,但丁几乎没有听她说过话。她头上戴着一个橄榄枝花环,显得非常可爱。但丁说那是她的外貌带给他的一种美感,当晚睡着之后,他梦见了她。但丁见到她的时候是上午九点,虽然过去了很多年,他依然记忆犹新。此后他们见面并不多,但他似乎知道她在爱着他,就像他爱着她一样。贝阿特丽彩后来嫁给了别人,但非她所愿。当但丁的生活充满苦难阴郁时,这是唯一美好的回忆,因为这个美好的形象在他心中定了格,他以整个身心去拥抱它。在最坏的厄运到来时,上天总会送一个天使来帮忙。在《天堂篇》里,维吉尔消失之后,但丁遇到了贝阿特丽彩,这时他的心灵已经很圣洁,他的快乐给人带来多么深刻的印象!他对她的爱在他心底又是多么的深沉!贝阿特丽彩的母亲曾很严厉地对待但丁,但丁的生活也在这种严厉中消磨过去。但是贝阿特丽彩完全明白,如果她说出对但丁的爱,这可能会杀了他,但丁难以承受她的爱。但他在贝阿特丽彩眼里始终看到她深沉的爱,她看到他时脸上那快乐的红晕,他的成功、他的善良之举,都使她快乐。从这一点上来看,人们会真正理解德国人对《神曲》三个部分的理解,第一部分是建筑、塑型,就像雕像一样;第二部分是图画式的；第三部分是音乐性的，化为了一首歌。

我们没有时间再讲但丁了，我的听众朋友会把我被迫略去的部分补充完整，把我讲的但丁的整首诗拓展开来。尽管讲得不是很完整，我们也必须告别意大利和但丁了。

第六讲

西班牙人——骑士精神——伟大的西班牙民族——塞万提斯：他的生平、创作——洛普——卡尔德隆——新教和荷兰战争

在上一讲中，我们看到一个非凡的现象：一个独立、伟大的人使自己成为他那个时代的代言人，他如此诚挚、深邃，使他成为人类的代言人之一。他的声音传遍了一切时代，因为他心灵的每一处都充满了那样一个原则：信奉天主教。这是他心目中一切事物都按照他满意的方式来安排的范例。我们现在必须马上离开那个话题，转到这段历史上另一个重要的事件：一个新的民族，人类思想上的新认识，我指的是塞万提斯和骑士制度。但在谈这个问题之前，我要说但丁的思维方式从本质上来讲不能长久持续下去，实际上，人们并不认为他的任何一部作品会长久产生影响，他用手写出来的东西和他的思想都是如此。从本质上讲，但丁的思维方式中有些东西甚至到下一代就会改变，而且是正常的改变。甚至但丁的儿子一定出生在一个知识不断增长的时代，但丁的理论已经不适应这个时代了。例如，那时人类已经向西部的海洋航行，发现那里并没有《炼

狱篇》中提到的那座山。事实上，如果我们观察一下，会发现每一个人首先都是初学者，是徒弟，然后变成工匠。他首先利用从父辈那儿学来的知识，把自己的想法框进一个熟悉的理论框架，但初级研究会进一步打开他的知识视野，他会对这个理论产生怀疑。这一点我称为他已经适应了宇宙的法则，自己心里有所怀疑，认为他的理论有不一致和矛盾的地方，不是十全十美，这种怀疑会继续增加，直到这一理论得到改进和完善。

在意大利，但丁虔诚信仰的、激发起他感情和思想的罗马天主教，后来控诉伽利略，要伽利略放弃他坚持的真理，因为他的观点和当时天主教对同一问题的看法截然相反。伽利略被迫要么接受宗教裁判所的审判，成为殉道者，要么放弃真理。实际上在那之前，欧洲已经无休止地陷入各种各样的混乱和矛盾，我们现在依然包裹在其中。简而言之，这是人类进步的必由之路，尽管其中有夸大和误传，但确实是人类进步所必然要经历的，就算一千年，甚至一万年也要继续不断拓展自己的观察和思索，因为真理的探索是永无止境的！关于大自然的任何真理，至多只能是暂时性的真理。但另一方面，一切理论都包含永恒的成分，在但丁身上表现为信仰，也即人类与自然的心灵交流。实际上，人类的精神不断地阐发出各种主张、学说，这些东西越来越接近真理。一切理论或多或少地靠近伟大的真理，这种伟大的真理常常把自己藏匿起来，相应地，一切理论也都包含着必须存在下去的某种东西。然而，不管我们对但丁的信仰有何种看法，我们都不能不承认他信仰的虔诚，这一点将会永远赢得人们的尊敬。同样，也没有一个国家不会进步。有人说中国停滞不前，那可能是他们比别的国家进步慢,但他们**一定**也在进步,在我看来这是必然的。每一种存在的哲学注定要被接受,融入一种更加重要的哲学,而这种更加重要的哲学将来也会遭遇同样的命运。

塞万提斯比但丁晚两个多世纪,尽管我们选择他作为他那个时代最伟大的代表,但毫无疑问,在他之前有许多重要的人物影响了人类的思想。从查理曼大帝开始,所有民族在文化领域里都取得了显著的进步。我们在这儿评论一下当时欧洲各国在行动上取得进步之后,这种不懈的努力所带来的一两个变化。首先,早在但丁之前就有了大学,巴黎大学到但丁时期已经非常有名。有一种说法认为但丁上过巴黎大学,另一种模棱两可的说法认为他也上过牛津大学,但后一种说法很值得怀疑。欧洲的这些大学是不引人注目地发展起来的,早期并不有名,后来凭借自己的实力自然而然地显赫起来。一些有名的教师像阿伯拉尔之所以出名,是因为那些渴望知识的人除了围坐在他的周围,听他讲解自己学科的知识以外,没有其他的形式。当另一位教师想要传授他自己学科的知识时,他自然就要在同行中成为第一,而这些同行也聚集起来,直到他们组成的团体广为人知,更多的年轻人来向他们求教。最后国王注意到他们,就像法国国王所做的那样,让他们组成一个团体,赠予他们土地,并给建立起来的大学命名,大学才成为系统、固定的教育场所。大约在9世纪的时候,巴黎首先被确定为大学所在地,其他大学不久竞相效仿,这种体系一直持续到我们现在。大学存在的原因之一可以归结为那时候书籍的匮乏。

那时书籍不容易获得,除了听演讲之外,没有人能够通过其他途径获取知识。但这种对书籍的需求因另一项重大发展——印刷术的发明而得到解决。印刷术是在但丁之后的那个世纪发明的,也就是说在15世纪末16世纪初。关于印刷术最初是在哪里发明出来的有许多争论,但我们这里没有必要考察这些。[①] 大约在1450年,福斯特使印刷术投入全面使用。印刷术是一项非常重要的发明,给人类带来了重大影响,人们至今还没有完全揭开这个谜底,但它无疑是一个惊人的创举。印刷术是另一项伟大艺术——书写的自然产物。书写是一项比印刷术还要重要的成就,但与语言这一更值得赞美的才能相比,还没有那么重要,因为语言使人类能够借助声音来表达自己的思想!

改变欧洲人习惯的另一个事件是火药的发明。火药的发明在前,我们说要比印刷术早两个世纪,但发明火药的确切时间也不清楚;而且有的说是弗瑞阿·培根(Friar Bacon)发明的,有的说是斯瓦茨(Swartz)的功劳。[②] 由于旨在毁灭人类,火药似乎不是一项有利于人类的发明,但总的来说,它还是有很多有益的地方,因为,像军事武器中的其他东西一样,它减少了战争的灾难。而且我们进一步补充说,在得出更全面的结论之前,它的确是高于人类肉体的灵魂的安息处,因为它不再使人类在人与人的肉搏中耗尽体力。就此而言,它给最虚弱的女子一把手枪,有这把手枪在手,她顷刻间变成了巨人!因此,火药是一项伟大的发明。这几个世纪是人们致力于发明、忙于发明的世纪!

---

① 11世纪,中国的毕昇发明了活字印刷术,先后传播到朝鲜、日本、中亚、西亚和欧洲各地。
② 对火药的研究开始于中国古代道教的炼丹术,发明于隋唐时期。

我们现在要来看看西班牙人，看看他们给我们这个世界带来了什么。我们讲到中世纪有两个重要的东西，一个是基督教，即此时的罗马天主教。另一个是忠诚，忠诚在但丁的作品中表现得非常突出。然而，这种忠诚在骑士精神中，通过鲜明的人物性格，阐释得更加具体，我们可以说这是西班牙人民的重大贡献。人们会感到很奇怪：不折不扣地反对战争，甚至教育人们不要反抗暴力的基督教，会打着圣战的旗号，卷入战争的漩涡，并且最大程度地把战争说成是崇高和有益的。人们会奇怪每个人心中都有阴暗的角落，这个阴暗的角落告诉他他可以去作战，而且人世间一直都有战争存在，甚至战争也被染上了那种神圣的精神，并被这种精神提升到崇高的程度，把它说成是人世间最美好的事情！

骑士精神一直是各类研究的课题，但作家们还没有发现骑士精神的具体起源，它似乎是德意志精神与基督教信仰相融合而形成的，德国人对战争中表现出来的勇气给予极高的评价。根据塔西佗的记述，当一个少年长大成人时，他被庄严地领到一个公众集会的地方，在那儿被授予一把剑，并宣布他是一位勇士、一个真正的男子汉。

这和授予骑士封号的仪式很相似。德国人的这种品质——勇敢的性格，和基督教以及德国的另一个传统——对女性的尊重结合起来，使尊重女性也成为骑士精神的一个特征。德国人的这两种品质在基督教神圣性的影响下，并与之融合，形成一种最有用的思想体系，它调和了战争的恐怖与疯狂，即人类的互相残杀，呈现出一种最美丽的价值之光，使这种战争与古代的战争很不相同。古时候总有一定的战争法则（因为如果没有这样那样的法则，在任何时候什么都可以做），但那时没有任何的仁慈，没有那种崇高的自我牺牲，没有我们在中世纪看到的那种对一个人和他的事业的忠诚！

接下来，我要说西班牙民族可能是最适合发展骑士精神的。西班牙把骑士精神发展到更加完善的程度，而在其他国家则不可能。西班牙在耶稣基督诞生之前两个多世纪，在迦太基人和罗马人的战争中，已经出现在欧洲历史上。西班牙人以顽强、勇猛著称。凯尔特－伊比利亚人——其他西班牙人的祖先，一直具有那种性格特征。后来，凯尔特－伊比利亚人演变成西班牙人中的巴斯克人，他们至今依然保持着这种性格特征，而比利牛斯另一边的加斯科涅人也具有这种性格特征。在野蛮民族入侵时，西班牙人首先和哥特人融合，随后与汪达尔人①通婚，带上了一些北方民族的血统，再以后又和阿拉伯人交往。在现代，他们依然保持着那种在古代使他们与别的民族区别开来的高贵，并且常常表现出一种他们在萨贡图姆和努曼提亚之战②中表现出来的精神。萨贡图姆和努曼提亚之战持续了十四年之久，当时的战争情形与我们时代的萨拉戈萨之战③非常相似：一个显示了顽强的民族性格的突出例子。西班牙

---

① 汪达尔人（Vandal）：日耳曼民族的一支，公元 4 世纪至公元 5 世纪时进入高卢、西班牙和北非，并于公元 455 年攻占罗马。
② 萨贡图姆位于西班牙南部海岸，在迦太基与罗马的对抗中与后者结盟。迦太基围攻萨贡图姆，萨贡图姆人英勇地抵抗了进攻，最后放火焚烧了小镇，集体自杀。此战成为第二次布匿战争的导火索。第二次布匿战争之后，罗马势力进入西班牙。努曼提亚起义反抗罗马，小西庇阿围困攻城，最终努曼提亚人弹尽粮绝，集体自杀。
③ 半岛战争期间，萨拉戈萨人民抗击法国侵略军的英勇保卫战。萨拉戈萨军民牺牲约一半。

人在才能的宽泛上不如意大利人，但另一方面，他们有着比意大利人更为崇高、更为持久的热情，带有一点我们称为浪漫的色彩，带有些许东方式的夸张和实现目标的顽强。西班牙人不像德国人那样深沉，缺乏他们那种沉静的力量，但也是一个伟大的民族、智慧的民族、一直公认的高贵的民族。正是这个民族形成了一种我们称为骑士精神的东西：那种战争中的高尚行为和崇高感情。参加萨贡图姆和努曼提亚之战的将士，以及维里阿修斯[①]——一位西班牙或葡萄牙的牧羊人，抵挡罗马人的进攻达十四年之久，他们身上的这种精神在现代欧洲的早期，例如在熙德身上体现出来。熙德的事迹至今仍在西班牙流传，我知道直到今天人们仍然用歌谣来赞颂他，约翰尼斯·冯·缪勒写了一本关于他的书，而且认为流行歌谣中传唱的关于他冒险的故事十分可信。你们都知道高乃依的著名悲剧《熙德》，熙德的真名叫鲁伊·迪亚斯，与威廉大帝是同时代的人。从一开始，艰难的命运就在等待着他，他和施曼娜小姐私订终身，但他们的父亲不同意。于是较量开始了，继而是决斗，熙德的父亲被击败。出于为父报仇，他向施曼娜的父亲挑战，并击败了他。熙德这样做不是为了个人利益，而是出于父子情深的责任，一切个人的愿望都被抛在脑后。至于这样做时是否想到了个人的利益，则完全没有这个念头。因此，当国王后来命他率师攻打摩尔人时，他拒绝为国王服务，离开王宫。他经常和摩尔人开战。这里我插一句，熙

[①] 维里阿修斯（Viriatus）：卢西塔尼亚人的领袖。第二次布匿战争之后，罗马势力进入西班牙。卢西塔尼亚人是当地居民，维里阿修斯带领卢西塔尼亚人，屡败罗马人。

德是一个摩尔人的名字，有主人之意。毫无疑问，和阿拉伯人的这些战争很可能使那种骑士精神保留了下来。摩尔人第一次在西班牙登陆是在8世纪，而且很快就踩躏了西班牙，甚至一直深入到法国的普瓦图。在那里，他们遭遇了查理·马特[①]，被赶回西班牙，我们可以说他们完全统治了西班牙。信仰基督教的西班牙人上山避难，从那时起，他们慢慢重新夺回整个国家，但足足耗费了八百年的时间。尽管摩尔人是来进犯的，但我们必须承认他们为西班牙做出了巨大贡献。摩尔人发明了十进位符号系统，也许在这一领域是对世界最伟大的贡献；他们还给我们带来了方位角、天底、天顶等词汇，这些词汇在一切科学领域都发挥了重要作用。他们是最先翻译希腊作品的人，总的说来，他们在许多方面是向欧洲传授知识的人。但我们特别要指出的是，他们尤其体现了中世纪的精神，体现了中世纪信仰的作用。

阿拉伯民族自从他们可能的创始人（夏甲和以实玛利[②]）起，就是一个充满活力的民族，但一直孤独地居住在沙漠中，完全默默无闻地生活着，直到穆罕默德——阿拉伯人的先知出现后才发生改变，那是在7世纪。我必须说我并不认为穆罕默德是一个欺世盗名的人，而且为了尊重我们人类的本性，我很高兴这样想。他是一个

[①] 查理·马特（Charles Martel）：法兰克王国墨洛温王朝宫相和统治者（714—741），他于732年在普瓦图打败阿拉伯人，继而征服勃艮第，重新统一了法兰克王国。

[②] 夏甲（Hagar）：《圣经》故事中亚伯拉罕之妾，因受亚伯拉罕之妻萨拉的嫉妒而携子逃入沙漠。以实玛利（Ishmael）：《旧约》中亚伯拉罕之子，在以撒出生后被弃，在传统上他被认为是阿拉伯人的祖先。

充满热忱的人，作为凭自己的智慧获得一丝真理之光的人，他一直到四十岁都过着平静、简朴的生活，然后奋力开辟出一条全新的道路。他为阿拉伯人的偶像崇拜深感不安，坚持神只有一个这一伟大真理。从其他方面来说，他是一个底层的凡人，他的缺点可以从他宣扬自己的教义时答应给阿拉伯人的回报中看出来。他费了很大力气才使阿拉伯人相信他的教义，然后在一个世纪的时间里，就像火药点燃了引线，阿拉伯人把他们的信仰传播开来，往一个方向传播到东印度群岛，往另一个方向传播到遥远的普瓦图！此外，阿拉伯人在艺术、诗歌、科学上也取得了巨大进步，阿拉伯在所有这些方面比当时任何一个欧洲国家都要先进。

塞万提斯几乎可以说是西班牙文学的创始人。像维里阿修斯、熙德等等都默默无闻，而令人惊奇的是，一个贫穷的、出身低微的人，会是唯一一个透过西班牙漫长的历史，把声音传递到我们这儿的人。而没有他，我们将永远不会这么准确地了解到西班牙人的灵魂。塞万提斯的生活一点也不像一个学者的生活，而是一个心碎的、积极的、坚强的人的行为。他于1547年出生在阿斯卡隆一个没落的贵族之家，那靠近马德里。由于有机会进学校受教育，他不久就表现得非常优秀，因此，他有幸在红衣主教阿奎维瓦那里得到一份工作。阿奎维瓦那时正要去罗马，但其时罗马、西班牙和威尼斯联合起来，反对土耳其，塞万提斯便辞去工作，当了一名士兵。像当时的许多年轻人和贵族一样，塞万提斯自愿参加了奥地利人科罗纳和堂·约翰率领的舰队。勒班陀之战①是他悲剧人生的开始,在那儿,他的左臂被一把土耳其弯刀砍掉。在返回西班牙故土的途中,虽然身负重伤,他仍然没有离开军队。后来被巴巴利②的海盗俘虏,带到阿尔及利亚,被迫给那些粗鲁、野蛮的海盗——他的主人翻地。塞万提斯过了七年的奴隶生活,遭受了最不堪忍受的苦难,但他那乐观和高贵的心灵使他坚持下来,所有这七年时间他都用在想方设法逃离那个地方上。

在《堂吉诃德》中,塞万提斯给我们讲述了一个俘虏的冒险经历,和他自己的非常相似。除此之外,西班牙牧师作家海多(Haydo)在同一时期写了一本关于巴巴利的书,书中讲述了塞万提斯的囚禁和冒险经历,以及他的逃跑计划;讲到他和另外一些人在山洞里住了六个月之久,希望寻机逃走;讲到他好多次死里逃生,特别是他逃到山洞被发现的事;讲到他在那儿几乎被处死,要不是阿尔及尔的总督同意如果他有能力的话,拿 500 克朗把自己赎回,他可能就被处死了。塞万提斯的母亲和妹妹及其他亲友开始筹措这笔钱,因为这个数目他们之中任何一个人都难以承担。看到一个人能拿出 50 克朗,另一个可能拿不出这么多,那一幕一幕是很感人的。那时的慈善团体很热心于赎回基督徒奴隶,还有其他人因受感动也加入了赎回塞万提斯的行动。赎回的那一年塞万提斯 34 岁,回来后不久即成家,但那时他在文学创作上并没有多少建树。塞万提

---

① 勒班陀之战:由西班牙、罗马教廷和威尼斯组成的联合舰队与奥斯曼舰队在勒班陀海角发生的一场大战。最终联军大获全胜。
② 巴巴利(Barbary):埃及以西的北非伊斯兰教地区。

斯被一些商人亲友带到塞维利亚，给他们打工，他游遍了整个西班牙，对西班牙有了一个详尽的了解，除游历之外再没有别的方式会令他获得这些知识。

塞万提斯最后定居在巴利阿多里德①，但至于他为什么选择这儿定居，我们不得而知。在巴利阿多里德的档案中有一份奇怪的资料，记载了他窘迫的生活境况和当时不太受人尊重的事实。从这份资料中，我们看到一天晚上，有一个人被谋杀，死在塞万提斯的寓所前。塞万提斯本来是听到惨叫后跑出来帮助的，但由于被人发现他和死人在一起，在地方官在场的情况下，被警察从家里带走拘留。他的住所非常简陋，他和家人住在四楼，他们面容憔悴，衣冠不洁，被怀疑是那个地方最坏的人之一。当然他洗清了这次冤情，但这是他当时生活穷困不堪的重要记录。尽管如此，他总是比任何一个人都要快乐，最好的证明是就在那一年，他创作了《堂吉诃德》的第一部，也有人说是在那之前。那时他已经54岁，进入老年了。第二部在十年之后出版，即他去世的前一年，人们一般认为他和莎士比亚是同一天去世的。有几个贵族和另外一些人在他晚年给了他一点微薄的帮助，其中有勒茂斯公爵，塞万提斯对他们充满感激。但他从来没有挣脱贫困和依赖的处境，而且如他所言，他一直是"西班牙最贫穷的诗人"。在去世前三四天，也可能是去世前两周，塞万提斯写信给他的赞助人勒茂斯公爵，用热烈的言辞感谢公爵对他的帮助，用他自己的话说，他是"脚蹬马镫"离开勒茂斯公

---

① 巴利阿多里德（Valladolid）：西班牙北部城市。

爵的。塞万提斯一直过着拮据的生活，穷困、不幸，不时缺乏生活必需品，困难重重。除《堂吉诃德》以外，他的其他作品都不甚出名。《堂吉诃德》的确不同凡响，令人羡慕，看起来的确是命运之神为了弥补她的诸多不公，而赐予塞万提斯的最高禀赋——一种以使他跻身于世界伟人之列的方式，说出其内在精神的能力。

《堂吉诃德》与但丁的《神曲》完全不同，但在一个方面有相同之处。像《神曲》一样，《堂吉诃德》也是人类和自然心灵的自由倾诉。在小说的开头，塞万提斯与其说是在思考，不如说是在讽刺骑士制度——一种滑稽可笑的现象。但随着写作的深入，他自己也喜欢上了这种精神，可以说在《堂吉诃德》里面，他描绘了自己的性格，用善意的讽刺表达了自我，即把内心的幻想当作现实，但他写得越来越和谐。他第一次深入他的主题是牧羊人那一幕，堂吉诃德热烈地歌颂黄金时代，虽然在中间奇怪地插入了以前出现过的嘲讽，但仍然充满了诗意。在对堂吉诃德的性格描绘和对故事的处理中，有一种嘲笑、滑稽模仿的痕迹，但从头到尾都闪烁着诗性的光芒。而且最重要的是，我们在作者的不幸命运中，看到了他那种幽默、快乐的品质，从不为不幸的命运所激怒，沉闷、苦恼也从没有在他心里占一席之地！塞万提斯写作《堂吉诃德》是为了讽刺浪漫的骑士文学，但它是唯一幸存下来的浪漫骑士文学作品。而且如果那时没有引起注意的话，任何浪漫骑士文学作品能否保存到现在还值得怀疑。我们没有时间详细分析《堂吉诃德》的优点了，但有一点我们必须指出——似乎整个世界都在谈论它的价值，它是除《圣经》之外的所有书籍中拥有读者最多的一部书。

除骑士精神以外，作为人类心灵永恒挣扎的反映，《堂吉诃德》也有其价值。我们在该小说中看到了这个世界残酷的一面，也看到了塞万提斯以高度的热情，描绘了理想蓝图与残酷现实的斗争。没有比讽刺更有利于人类心智健康的了，讽刺是表达这些思想的最好方式。如果塞万提斯只是向我们称颂那个黄金时代，他的作品可能会没有读者，正是他作品中的自我嘲讽感染了读者，让读者迸发出高度的热情。而且，只要有人阅读这部作品，这种热情就会在他的心中燃烧！这是一部富有喜剧色彩的诗性小说！

塞万提斯所具有的最崇高的品质，从最卓越的程度上来讲，是批评家称为幽默的东西。幽默和智慧、单纯的大笑不同，虽然初看之下它们确实非常相像，实际上却有很大的不同。据说一个很多人都赞同的、最有效的检验方法是：看作者是否在嘲弄自己的智慧，并试图通过它产生一种效果，还是作者只是用它来逗乐，没有想过要获得某种效果。因此，如果有人希望辨别幽默和智慧之间的不同，那么让他一手拿着塞万提斯的作品，一手拿着伏尔泰——世界上最伟大的逗人发笑的大师——的作品吧。

在遗憾地离开塞万提斯之前，我必须要提到另外两位作家，一位是洛普·德·维加，另一位是卡尔德隆，这两个人在某种程度上都表现了时代精神，尽管他们两人并没有实际感受到这种精神。卡尔德隆的作品我读得不多，实际上只读过他的一部戏剧和收在德语书中的几个选本，因为他的作品就像古代戏剧、希腊文学和其他作品一样，深受德国人的喜爱。德国人非常喜欢卡尔德隆，但我怀疑这里面有一种**强迫的成分**。除了他赋予作品人物以狂野的、模糊的外形之外，卡尔德隆并没怎么打动我，总的来说，他的作品带给人一种神秘、模糊的东西。不可否认，卡尔德隆是一个充满热忱的人，很有才华，而且他在那个时代远远比塞万提斯有名气，同样，他的戏剧是西班牙最好的戏剧。对于洛普·德·维加，除了知道他在历史上也很有名之外，我对他了解得很少。洛普·德·维加是一个遇到了很好的文学机遇的人，在那个时代，没有人像他那样受欢迎，博得所有人的喝彩，甚至罗马教皇也写信褒扬他。由此，他的名字成了好运或优秀的代名词，当时的人们习惯于将一个好天气或品质优秀的女性称为一个"洛普天气"，一个"洛普女性"！当然，他是一个非常有天赋的人，但也有许多平庸之处，和卡尔德隆无从相比。这并不是因为他缺乏才能，这种才能如果引导得正确，一定会创造出不朽的作品，但它被引错了方向。洛普·德·维加告诉我们说，他有一个戏剧只用了24个小时就写出来了，而我相信他以这样的速度写了不下于100出戏剧。因此，他的才华在赞美声中和微弱的光芒里消磨掉了，他从我们的记忆中完全消失了。当然，在用文学谋生这方面他很成功，可在一封致儿子的信中他还满腹抱怨。他的儿子有一种从事文学创作的强烈愿望，而他严肃地告诫儿子不要想这样一件事，说一个文人的生活充满了艰辛和贫困！最后一句话出自他之口令人感到非常奇怪，因为他确实靠他的书和他收到的馈赠，赚了一大笔钱。不过他仍然是一位真正的诗人。

在西班牙文学史上，只有塞万提斯、卡尔德隆和洛普这三个人知名，而塞万提斯的成就远远高于另外两位。看到这么一个高尚的民族，其历史上写满了英勇的行为和大事件，且每一件都值得描述。这样一个拥有如此多的快乐、人性和令人惊奇的慷慨的民族，几百年来却除了塞万提斯这样一个生前不为人知的卑微人物、一个失去了胳膊的残缺之躯、一个生活悲惨的穷人，竟没其他能产生出反映出其民族精神的作家，不由得令人稀奇。只有等过了很长时间以后，我们才能说一个人或一件事情是否有意义，这是一个通则。西班牙人是世界上最杰出的民族，美洲就是被西班牙的伟大人物征服的，亚历山大大帝也并不比科尔特斯①更伟大。皮萨罗跟随努涅斯·巴尔波亚成为太平洋的发现者，据说第一眼看到太平洋的时候，他挥舞着剑，一下子跳了进去，直到波浪淹没他的腰际，然后以真正的骑士激情，宣布它为西班牙所有。后来，我们又一次看到他在新大陆穿着旧帆布上衣，用树叶修葺他那棚屋的屋顶，开启了征服印加帝国的大业。西班牙民族是世界上最敢于冒险的民族，英国人和美国人虽然也充满了冒险精神，但并没有引领我们向前走多远，而我要说的是，想一想西班牙民族现在几乎无人提起，衰落为一个无足轻重、微不足道的民族，是一件多么奇怪甚至可怕的事情。人们试图对这一切做出解释，但直到现在也没有人看出它是如何发生的，我们所能说的是：它的时限到了，但我们无法解释令它衰落的法则！

我们吃惊地看到西班牙是如何在天主教、骑士制度同宗教改革的冲突中分崩离析的，这种冲突人们通常称之为荷兰战争。看到一个落后的、由渔夫和牧羊人组成的民族，只想在自己的沟渠堤坝

---

① 埃尔南·科尔特斯（Hernán Cortés）：出身于西班牙贵族，阿兹特克帝国的征服者。

内安静地生活，一点也不想给世界带来麻烦，但碰巧第一个接受了一种新的教义，一种随后传遍全世界的新的真理，之后便感到不能再这样生活下去了。但宗教裁判所用火刑惩罚他们，给他们烙上烙印，最后他们不得不起来反抗当时的西班牙国王腓力二世，并且在随后的三十年战争中成功地抵御了他，该是一段多么壮观、多么英勇的历史！结果正像这种斗争中经常会出现的那样，正义的一方取得了胜利，真理和公正彻底战胜了谬误和邪恶。莱顿之围是一个难忘的事件，它被西班牙人四面包围，城内弹尽粮绝，但并没有屈服。守城的勇士郑重宣布，如果需要，他们已经做好了用自己的左胳膊果腹，以自己的右胳膊御敌的准备。一天，城里可怜的人们遇见总督巡视，便告诉他说他们必须投降，不然就会饿死。但总督告诉人们不要说这样的话，他宁愿他们吃掉他，也不愿他们投降。最后他们取得了胜利，正如我们知道的那样，他们掘开大坝，让泛滥的洪水决口，洪水冲进了西班牙人的兵营，他们在西班牙士兵乱作一团时冲了进去，这样就夺回了这座城市。他们的决心是不容动摇的：他们中许多人的帽子上都带着伊斯兰教的新月形标记，表示他们要做土耳其人，不做天主教徒。

这场战争持续了三十年之久，第一次使荷兰受到世人的尊敬，整个事件给德意志民族带来了巨大的荣誉，荷兰人是德意志人的一部分。

这自然而然地提出了我们下一次演讲的题目："德国人和宗教改革"。

第七讲

> 德国人——他们的所作所为——宗教改革——路德——伊拉斯谟——乌尔里希·冯·胡滕

在上一讲中,我们匆匆谈了一下荷兰战争,西班牙人和荷兰人之间的战争,看到一种新的生活趋向——宗教改革,西班牙在与它想要消灭的力量遭遇时,败退下来,而且这股力量还几乎把它消灭掉。这使我们很自然地想往深处追究一下这种新秩序建立的原因,关注一个比我们以往所注意到的民族更令人感兴趣的新民族以及他们的子孙,这就是德意志。

在最近二千一百年的可靠资料中,已经提到德国人。我们看到卢登(Luden)写的《德国史》第一次注意到日耳曼民族,其中一段描写日耳曼民族的话是从皮西亚斯[①]那儿引用过来的。皮西亚斯是

[①] 这位游历家(斯特拉博在引用他的著述时,倾向于否定他)的著作大部分遗失了,他留下的残篇我们所知甚少,但可参照 M. 德·布甘维尔(M. De Bougainville)的《追忆法兰西学士院的座右铭和纯文学》第 19 章《皮西亚斯在马赛的生活及旅行》。——原编注

斯特拉博[①]提到的一个名不见经传的作者。皮西亚斯的这部著作是一位马赛商人的札记，里面记录了他在旅行经商时的一些见闻，提到一个叫德意志的民族，"白皮肤、安静的民族，住在易北河的入海口"。那之前德国人是什么样子的，他们从远古时代起都做过什么事，我们并不知道。但有一点是清楚的：他们是一个生来就能成大事的民族，也许他们还没有达到自己命运的最高峰。由于和罗马人不断接触，他们逐渐为别人所知。随着接触越来越多，冲突也越来越多，最后连罗马帝国也被它占领了，塔西佗的黑色预言变成了现实：总有一天罗马会被这些野蛮人摧毁！在塔西佗撰写的《历史》中，关于德国人的旧史料篇幅不长，但非常有趣。他们当然是一个没有开化的民族，但一点也不野蛮；他们的民族性格中有一种严肃认真的东西，是一个善于思辨的民族。斯堪的那维亚的神话依然是说明许多德国人性格特征的有趣文献，塔西佗所讲述的德国人的信仰形式，显示出他们是一个非常高级的异教民族，有一种深沉的本性。他们崇拜大地，认为自己是大地的后代。这个民族的思想早在表达出来之前就已经熔铸在其艰深的语言中了。他们的全部神话，那种深沉博大的孤独，黑暗之所，光明之源，奥丁神的大殿，以及其他诸如此类的东西，都隶属于一个思想深邃的民族。

近五十年来已经引起古文物研究者关注的北欧传说中狂暴战士的故事，是潜藏在德国人内心深处的狂暴心理的人格化。狂暴战士是一个鄙视危险和恐惧的人，他勇猛地冲出去应战，虽然手无

[①] 斯特拉博（Strabo）：古希腊地理学家。

寸铁，却像碾碎脚下的贝壳一样，将大批敌人踏在自己的脚下。因此，他的名字博瑟克（Berserker）就有了"赤手空拳的精神"之意。这种性格和我们在德国人身上发现的许多东西有相似之处。当然，德国人的真实感情并不是体现在狂暴战士身上的那种不断爆发的狂怒，但它说出了德国人最本质的特征：不可思议的狂怒，意大利人后来称之为"德意志的狂怒"，一种最可怕的愤怒。但那种藐视一切危险和障碍的盛怒，如果控制得好的话，就像地心的大火，一切事情都可以在它表面上进行。搏斗是盛怒显现在狂暴战士身上的唯一方式，但在德国人身上却以其他许多方式表现出来。如果它不是以那种被称为狂暴战士的愤怒这一方式发泄出来的话，是非常令人满意的。总的来说，这是任何一个民族所能拥有的最好品质，搏斗激发出各种力量，也激发出力量、百折不挠、坚定不移的所有伴生物。这种东西不容易激发起来，但一旦激发起来，它就会完成自己的目标。我们在整个德国历史上都发现了这一点。

公正是力量的另一个伴生物。有人会说，力量本身就是公正，只有有力量的人才能做到公正，才能把一切事物高低有序地放置到它应该在的位置上，这是做任何伟大、强大的事情的唯一方式。正是德意志民族一直具有的这种合理的自夸，使他们成为一个公正的民族，用公正来规范他们所有的机构部门。

陪审团审判制度最初起源于德国。塔西佗提到过一种制度，和它极为相似。直到今天，在瑞士的某个地区，还有一种从远古时代沿袭下来的用法，叫作"街头法庭"，是一个很简陋的陪审团。根据这一传统，如果两个做生意的人在交通要道上相遇，比方说搬运工和牲畜贩子，一个人伤害了另一个，而且达不成一致的解决办法，他们就要在那儿等待，直到等来另外七个人，他们会评判这一争端，这就是"街头法庭""路边法庭""街头法院"的来历，并且他们的裁决不可撤回。在我看来，我们所有陪审团审判的最初原型，都源于瑞士的那个州。这些细节足以向我们展示德国人的性格特征，我留给你们去补充我所讲的带给你们的启发，去发掘具有同样特征的问题。

甚至在宗教改革之前，德国人已经不止一次地出现在现代史上。第一次是欧洲被德国人完全摧毁的时候。在两个多世纪的混战之后，他们内部最终讲和，一致对付罗马，直到欧洲完全解体，重新组合。但对第一个时期德国人对欧洲影响的描述并不多，而且极为混乱，这种情形直到查理曼大帝以后才有所改变。查理曼也是德国人，他使整个德国统一起来，现代划分成王国和公国的体系就来源于他。

德国人第二次出现在世界历史上是13世纪末14世纪初的瑞士，因为瑞士人实际上就是德意志人。这个时代是但丁生活的时代，他们首次尝试着在现代欧洲建立一个正规的自由政府。威廉·退尔的故事，一个美丽的传说，①是以无可争辩的事实为依据的。关于苹果的故事很可能是不真实的，实际上是完全不可能的，

---

① 13世纪，统治瑞士乌里州的哈布斯堡王朝的总督盖斯勒，将自己的帽子绑在树桩上，要求所有经过这里的人必须向着这个帽子鞠躬。威廉·退尔拒绝行礼。盖斯勒为了惩罚威廉的反抗，命令他用箭射落置于其子头上的苹果。结果成功，其子安然无恙。

因为除了这么说退尔以外,这件事还安在别人的头上过。据约翰尼斯·冯·缪勒说,盖斯勒的帽子的故事也是不真实的。但可以肯定的是,在以极大的耐心长期忍受了奥地利人的不公正对待之后,瑞士人确实策划要推翻奥地利的统治,在那儿建立起一个正规的政府。

这是一件给整个德意志民族带来荣誉的事情,让人一想到这件事,就愈加敬佩德国人。人们很少在别的地方看到这样的例子:一个民族在如此之长、如此顽强的战争中,互相之间一直配合得这么好。最初他们忍受着不公,甚至表现出一种麻木的耐心,但最后这些蒙受屈辱的人,以狂暴战士的精神,像狮子一样爆发出来,反抗他们的暴君。

勃艮第[①]的公爵查理是最后一个领略到瑞士人勇敢顽强的人。他想要建立一个王国,为了这一原因,他设法和他们发生争执。如他所料,这很容易,查理带领他的骑士和武装士兵,去征服那些赤手空拳的农民。他和他们发生冲突,但在接下来的格兰森、摩拉特和南锡三个战役中,均遭到惨败,最后一战他彻底被瑞士人打败。我们知道,在第一次战役中,当看到查理的大军冲过来,像是要把他们吞灭时,瑞士人祈祷上帝,希望那一天上帝能够帮助他们抵御敌人。柯门斯写道,查理看到这一切后大声叫道:"看!他们投降

---

① 勃艮第(Burgundy):法国东部一个历史上的地区,从前是法国的一个省。公元5世纪该地区首先由勃艮第建立王国。在14世纪和15世纪,勃艮第的势力达到顶峰,它曾控制了现在的荷兰、比利时和法国东北部的广大区域。1477年被路易十一并入法国皇家领地。

了。"但另外一些对他们有更深了解的人说："他们看起来不像是轻易投降的人。"果不其然，他们不久就看到对方一点没有投降的样子，瑞士人像旋风一样，冲向他们的敌人，席卷了他们，捍卫了自己的权利！

德国人在世界历史上的第三次重要出现是宗教改革，这一次比任何一次都要重要。宗教改革发生在16世纪。我一再提到存在着改变宗教信仰的需要，任何一种信条都不可能永远长存，人类有限的思想所形成的关于无限宇宙的任何认识，都需要不断地完善，人类应该无止境地研究他只是其中微不足道一分子的无限宇宙。他得出的任何看法只会适合一时，事物每天都在不断地发展，因为进步是人类的法则，即使一个白痴也会有某种进步。人的信条必定会不断地突破自己，直至达到最后的极限。或者，直到他发现了一些和自己的信条不一致的思想，在心中引起波澜，而且一代一代地不断加深，最后引来口头的反驳。引起信条瓦解的另一个原因包含在这样一个事实里面：当人们开始怀疑一个信条时，会双倍地加速它的灭亡，因为一切严肃的人都痛恨有疑问的东西。人们确实信奉某一信条，但是如果不满意，就会永远地抛弃它。他们可能很长时间不去谈论它，但当对这一信条产生怀疑时，他们就不想和它有关系了。他们不想让主教或牧师陷入这样的状况。但总是有一些卑劣的人为了获得教会的捐赠，甘愿信奉它。正是这种情形使他们依赖于一个既定的体系，而这是导致它走向灭亡的一个确定的、必然的原因。后一种情形正是罗马天主教当时所面临的，那时候没有准备牺牲生活本身，以便让教会成为世界上最高之物的希尔德布兰德主教。那时候任何一个倾向于按照事物的本来面目来看待事物的人,都认为最好不与它发生关联,和这样一个教会的马基雅维里式主张脱掉干系,而是蹲在某个不为人知的角落阅读《圣经》,以那种方式来尽可能地求得宗教的慰藉。那时的主教是些像尤里乌斯二世、博尔吉亚和利奥十世[①]之类的人,他们的确在维护宗教,但至于信仰,他们根本没有,或者只相信他们通过这种方式,每年会收入大笔克朗。整个宗教信仰是一种狮头、羊身、蛇尾的怪物,一种可悲的伪装。而且,那种变化自但丁时代起越来越严重,但丁自己对主教就有诸多抱怨,把他们中的几个人放到地狱里边,让他们遭受严酷的惩罚,甚至在但丁之前,在所有的文学作品中,我们看到越来越多的对牧师和主教的谴责。到了16世纪初,这已经成为所有知识分子、追求勇敢和荣誉的人坚定不移的信念——他们认为牧师和僧侣是懒惰、无用之人,他们的存在只会阻碍人类在一切领域的发展进步。

在这种背景下,马丁·路德诞生了。他的父母都来自最贫穷

---

① 尤里乌斯二世(Julius II):1503—1513年任教皇,被教廷认为是历史上最有作为的25位教皇之一。经过他11年的努力,罗马成为西欧的艺术殿堂,教廷也成为意大利半岛的政治重心。博尔吉亚(Borgia):指恺撒·博尔吉亚,教皇亚历山大六世的私生子,曾任瓦伦西亚大主教和枢机主教,他是第一个自请辞职的神职人员。也是文艺复兴时期的强悍、灵活、凶残、狡诈的冒险家,在教皇去世时,博尔吉亚已经成为意大利广大领土的主人。马基雅维利以他为原型写下了《君主论》。利奥十世(Leo X):美迪奇家族族长,即位教皇后挥霍教廷公款,加快圣彼得大教堂工程进度。在德意志各地兜售赎罪券,马丁·路德张贴了《九十五条论纲》,后利奥十世指责路德为异端,宣布绝罚路德,使统一的西方教会解体。

的阶层，父亲是莫尔哈（Moerha）或莫尔（Moer）的一名穷矿工，这个地方靠近上萨克森州①的爱森纳赫②，马丁·路德于1483年11月10日出生在这里。他是那个世纪诞生的最有智慧、最有学识的人，出身把他置于社会的最底层，他做矿工，一点一点地敲击熔铅矿石，但这并不是命运给他的安排。他的父亲是一个非常了不起的人，设法把他送进了一所学校，马丁·路德挣扎着在学校里学习了很长一段时间。他和其他几个孩子在课余时间到附近的村庄演唱民谣挣几个铜板，这是当时的一种习俗。最后，一个富裕镇子的寡妇听说了他的才能，资助他，把他送进了大学。在大学里，他很快就让自己出类拔萃。他的父亲希望他当律师，最初他也朝着这个方向努力，但后来看到一个同伴由于父亲的缘故，突然受伤死去，路德，一个本性严肃而又忧郁的人，亲眼看到好朋友突然间离开人世，化为了永恒和无限，内心受到很大刺激。法律和法律可能带来的升迁在巨大的现实面前，变成了一个可怜的、悲惨的梦，于是他做了一名教士，以便能够全心全意地祈祷和信仰宗教。正如他自己告诉我们的，他变成了"一名严肃而又痛苦的教士"，这种生活持续了很多年，几乎有十年之久。那种生活令他很痛苦，他想象着自己要

---

① 上萨克森州（Upper Saxony）：德国的一个历史地区，原来是萨克森人的家园，8世纪时被查理曼征服，并在他死后成为一个公国。由于分裂和重新划分，这一地区的边界最终向东南方向拓展，1356年萨克森大公成为神圣罗马帝国的诸侯，1806年萨克森大公加冕成为国王，但是将他的一半领地给了普鲁士（1815），后来萨克森王国成为德意志帝国（1871—1918）的一部分。
② 爱森纳赫（Eisenach）：德国中部的城市，马丁·路德于1498—1501年在此学习过。

永远坠入地狱,他看不到祈祷者或大众如何能拯救他,或者让他升入天堂。最后,他的教士同伴——一个虔诚、善良的人,告诉他世间真正的秘密在于向耶稣基督忏悔,在于信仰他,这在当时对路德来说是很新鲜的,他第一次有了这样一种认识:祈祷者或大众都不能拯救他,只有基督精神才能给他带来曙光,要拜倒在十字架脚下。也是在这时,他在修道院的图书馆里发现了一本《圣经》,一本很旧的拉丁文《圣经》。他阅读这本《圣经》,这样最终获得了心灵的宁静,但那时他似乎还没有想到宗教改革的事。

他得到大家越来越多的尊敬。萨克森选帝侯在了解到他非凡的才能和内心的和谐后,把他带到他刚建立的大学,让他成为那里的一名教授。在主教尤里乌斯二世时期,他所在的修道院后来把他送到罗马,因为他仍是奥古斯丁修会的教士,负责处理修道院的一些事务。他对自己在那儿看到的一切感到震惊,但那时他一点也没有意识到几年之后他会做什么。席勒说得很对:"天赋自身永远是个秘密,强壮的人是些没有意识到自身力量的人。"但后来著名的多明我会修士台彻尔[①],被主教利奥十世派到萨克森去卖赦罪符。他因某种原因需要一笔钱,有人说是要给一个私生女买珠宝,并在路德眼皮底下兜售赦罪符。路德很快在忏悔室里发现了这一点,因为经常来这儿忏悔的人说他们没有必要为这样那样的罪孽忏悔,因为他们已经为它们买了赦罪符!这使路德布道演讲,坚决反对出售赦

---

① 台彻尔(Tetzel):教皇利奥十世的特使,在德意志推销教廷赦罪符,引起马丁·路德公布《九十五条论纲》,就赦罪符问题进行辩论。

罪符，声称教会只有权赦免自己对罪孽的惩罚，而无权宽恕罪孽，没有任何人有权力那么做。台彻尔对此做出回应，最后路德感到不得不对这件事进行深入的探讨，并发表了他论赦罪符的《九十五条论纲》，完全否定了整个事件的根基，并要台彻尔或者用论据或者用《圣经》向他证明。这在德国引起了巨大反响，这时的德国对宗教的看法已经有不同意见，罗马教皇也颁布了几道命令。红衣主教卡吉坦（Cajetan）试图说服路德放弃他的观点，但没有任何效果，最后把他带到在沃尔姆斯召开的帝国会议上。另一方面，路德在对手的激怒下，对这个问题探索得越来越深入，继续寻找在天主教的信条中还有没有真理存在，直到最后被罗马教皇逐出教会。他当着朋友的面，公开烧毁了逐出公告，引起了旁观者的窃窃私语，他们虽然感到震惊，但没有任何别的举动，反而觉得真理在他这一边。

确实有些人站在他这一边。最后，在那件事之后的1521年，在沃尔姆斯举行的会议上，皇帝一定要审判他，路德被迫妥协。路德还记得胡斯①以前是如何被陷害的——保护他安全的诺言成了利诱他的手段②。在所有人看来，这是一件大胆的、令人佩服也令人害怕的事情，但路德一点也不害怕，他对生活并没有绝望，反而听到了远处另一种生活的召唤。于是，他决心去过那种生活，这一天是1521年的4月17日。当时的皇帝查理五世和六个选帝侯坐在那

---

① 胡斯（Huss）：原捷克的宗教改革者，反对天主教会的专制压迫。1409年，由于抨击教士的奢侈堕落，主张宗教改革而被开除教籍，后被判处火刑。他在著作中对天主教会的权威和正确性提出了质疑。
② 胡斯当时在教会的康斯坦斯会议上得到保证他安全的承诺，但他一到那儿就被抛进一个石牢中烧死。

里,另一方是路德,一个穷矿工的儿子,一个一贫如洗的人,除了上帝的真理在支持他以外,一无所有。他的朋友在大门口等他,告诉他不要进去,进去凶多吉少,但他故作轻松地告诉他们:"无论如何,我要进去,即使沃尔姆斯会议上的恶魔多如屋顶上的瓦,我也要进去。"他按时出席会议,被仔细盘问了有关宗教的事情,最后归结为这样一个问题:"他会放弃他的观点吗?"

路德要在第二天做出回答,他想了整整一个晚上。第二天早晨,当他从街上走过时,人们都站在屋顶上,要他不要放弃真理,呼喊道:"在众人面前背弃我者,我会在圣父面前摒弃他。"还有其他类似的话在触动他的心灵,但他默默地走过,没有说一句话。在会议上,路德洋洋洒洒讲了两个小时作答,他那谦逊的真诚赢得了每一个人的钦佩。"至于是否放弃我的观点,我首先希望你们能说出我的观点错在哪儿。"他们告诉他说:"我们不愿意讨论经院神学,我们的问题是:你会放弃你的观点吗?"对于这一问题,路德回答道:"我的《圣经》书分为两部分,一部分是我自己的,一部分是《圣经》上写的。在第一部分里可能会有许多错误,如果被证明,我不仅愿意,而且渴望改正;至于另一部分,我不能放弃。做有悖于良知的事,既不安全,也不审慎。"他说:"要么证明《圣经》中有错误,要么就让它维持原样。这里我说出我的立场,做违背良知的事既不安全也不审慎。上帝助我。阿门!"这个演说值得永远记住,它是人类所发表的最勇敢的演说。这是那时处于萌芽期的事物的开端,但已点燃起火炬,此后永远也不会熄灭。这是人要拥有叩问自己良知的权利的宣言书,每一个新文明的创立者都应该像路德那样,这一点融入了那之后人类的一切活动当中。

这次会议演说以后,路德回到了沃茨伯格修道院,在萨克森选帝侯的庇护下翻译《圣经》。在那次会议演说之后,路德又活了二十五年,其间充满了严酷的斗争、劳碌和疲惫。他在赢得君王信赖时的行为举止,是证明他伟大的最好证据,他的头脑从来没有飘飘然过,他做出的判断无不是一个杰出的、勇敢之人的判断。活着时,他让不同党派之间和平共处;他去世后不久就爆发了战争,形成了施马加登联盟[①]。

在沃茨伯格,曾经以行吟诗人闻名的路德,第一次把《圣经》翻译成本土语言,这是自公元4世纪时乌尔菲拉斯[②]把《圣经》翻译成哥特语以来最著名的译本,直到今天也是一个令人钦佩的译本。

总的来说,路德的性格是典型的德国人性格,不管怎么说,在德国人心目中是最好的。他是一个心胸宽阔、坚韧而又深沉的人,坚持真理、正义、公正,关心人的权利,不畏惧任何东西,不为自己打算。而且,他不是一时这样做,而是有意识地、平静地一贯如此,不管人们对他评价好坏都是如此。因而,我们发现他是一个幽默、快乐、风趣的人,深受人们爱戴。尽管他的话一半是战斗,如让·保罗所说的,比大炮还有力量,但在朋友眼里,他是最善良的

[①] 施马加登联盟(Smalcaldic League):16世纪中期由神圣罗马帝国中信仰路德宗的诸侯所组成的军事防御联盟。
[②] 乌尔菲拉斯(Ulphilas):哥特人,阿里乌斯派基督徒。他将《圣经》从希腊语翻译成哥特人的语言,并在哥特地区传播他的基督教版本(与三位一体论相反)。

人们中的一员。路德身上那种狂热的力量，在他的画像师和朋友路加·克兰纳克占相术式的勾勒中表现出来：粗糙的平民面孔，却闪烁着各种各样崇高的思想，这是历史上真实的路德。

另一个伟大的德意志人，虽然与路德有很大不同，但同样值得我们注意，伊拉斯谟，一位荷兰人（因为据我们观察，荷兰人实际上就是德意志人，更何况伊拉斯谟一直用德语写作，而且讲德语），他对宗教改革的关注同路德相比，并不足道。他比路德年长16岁，出生在鹿特丹。像许多头脑清醒的人一样，他对僧侣的愚蠢无知感到厌恶，讽刺他们。最初他承认需要对宗教进行某些改革，但那样做要冒着牺牲他的安闲和舒适的危险，而以前他没想过要那样。所以虽然他最初支持路德，但后来和他发生了争执，反对路德的所有观点。伊拉斯谟是一个伟大的学者，他母亲的情况令人感兴趣。他的真名是杰哈德，但他采用了伊拉斯谟这个名字，有"可爱的孩子"之意。他的母亲一生很不幸，她的朋友将她和伊拉斯谟的父亲分开，他的父亲相信了她已经死去的谣言，当了牧师，听到这个消息后，她的生活过早地进入了坟墓。

伊拉斯谟的母亲送他进了学校。可怜的、被遗弃的女人！她那时并不知道他将要成为照亮世界的一道光亮！鲁道夫·阿格里科拉[①]来到学校，先考察了他的能力，然后拉着他的手说："好好学习，我的好孩子，不久你就会成为人们谈论的对象。"后来伊拉斯

[①] 鲁道夫·阿格里科拉（Rudolf Agricola）：文艺复兴时期的荷兰学者，作品有诗歌、演说词、古典著作翻译和评注。他的《论逻辑论证的运用》对文艺复兴时期的修辞学有所贡献。

谟引起巴黎大主教的注意,大主教把他带到英国。再后来他常常去英国,和政治家莫尔①有密切交往,从那时起,他过着一种流浪生活。蒙乔伊,当时我们英国驻巴黎的大使,第一次给他争取了一笔资金,帮助他出版了好多书,其中有一部是希腊文版的《圣经》。不过,当时他最有名的一部书是在莫尔家里写的《愚人颂》,现在的读者读过这本书后会感到很失望。他还写了《对话录》,一部很有才华、很精致的书。实际上我要说,这本书会让我的诸位听众朋友了解伊拉斯谟的性格,他比我提到的这个世纪为大家所熟知的任何一位作家都更像艾狄生②。我已经提到他对宗教改革的态度——先是赞同路德,而后又反对他。他的确是一个有很多优点的人,我也不反对他,但当我听到历史学家们用他来作为对付路德的有力武器,而且用他来责备路德时,我必须要说我完全不同意,而且认为伊拉斯谟不能与路德同日而语。他只是一位诗人、一个"文人",伊拉斯谟身上有许多要加以反对的东西。弗朗茨·合恩对这么看待伊拉斯谟也很愤怒,我赞成他说的一点:对伊拉斯谟不要期待太多,他只要不让你生气就可以了。但时不时地,就像路德令人敬佩一样,他会惹人生气。弗朗茨说伊拉斯谟属于这样一类人:他一方面很想和上帝站在一起,另一方面又不愿和魔鬼断交;他会为上帝建一座教堂,而在旁边又会为魔鬼建一座小教堂。这种立场在这个

---

① 莫尔(More):指托马斯·莫尔,英国才华横溢的人文主义学者和阅历丰富的政治家,著有《乌托邦》。
② 艾狄生(Addison):指约瑟夫·艾狄生,17世纪英国散文家、诗人、辉格党政治家。与理查德·斯梯尔创办了两份著名杂志《闲谈者》与《旁观者》。

世界上是很糟糕的。

还有另一个我们必须注意的德国杰出人物——乌尔里希·冯·胡滕。他出身高贵，但在早期，他那愚蠢、固执的父亲非要他去当教士，他不愿意，然后又要他当律师，但也非他所愿。直到最后，他被比父亲更了解他的亲属送到了学校，也可能是一所大学，在那儿，胡滕开始了他的文学事业。他写了很多书，既有拉丁文的，也有德文的，其中主要是拉丁文。他变得很有名气，在国内有了一定的知名度。但他的生活并非一帆风顺。他一直在过游荡的生活，曾到法兰克福和其他地方游历，甚至到过罗马。他是一个憨厚正直的人，对邪恶极为憎恨，但又不知如何去铲除它，最后心力交瘁。

胡滕在路德之前就开始在他的《卑微的使徒书》中讽刺僧侣的生活，这本书实际上不完全是他写的，是三四个头脑聪明的人和他一起完成的。书写得很有趣，但里面有各种陈词滥调。《卑微的使徒书》是一本书信集，假托是僧侣们写的，一个僧侣写信给另一个僧侣，告诉他自己打算要做的事，从而把悲惨、愚昧的僧侣生活事无巨细地袒露出来。据说伊拉斯谟读过后哈哈大笑，这本书豁开了长在他喉咙里的脓疮——这个脓疮早已长在那儿，并且已危及他的生命，因此，这件事对他产生了很大的影响。有许多艰辛在等待着胡滕，他的亲戚被沃泰姆伯格公爵卑鄙地吊死——为了见不得人的目的在一个树林里杀害了他。胡滕因为此事愤怒地到处发表反对公爵的演说，甚至和那时武装反抗公爵的自由市镇结成联盟向他宣战，但他发现很难找到一个权贵来资助他。他说自己"痛恨一切形式的骚乱"，他希望遵守秩序，但一个更高的秩序却要他不要遵守，这使他处于痛苦和悲哀的境地。站在现存秩序一边实际上成了站在混乱一边。

胡滕的一生都是在痛苦的混乱中度过的，没有任何引导。他出身于贵族之家，起初看不起路德这个穷教士，但就在沃尔姆斯会议审判之后，他认识到路德是一个了不起的人，不久便和他建立了联系。他有一次在致信路德的信中说："你的工作是神圣的，会继续一直下去；我的（他的工作是要德国不再有戒律和压迫）工作是世俗的，不会长久持续下去。"他深受德国皇帝和其他天主教君主的青睐和奉承，甚至受到法国国王弗朗西斯的厚爱，但他坚决拒绝退出路德的教派。为此他付出了代价，当然也不仅仅因为这一原因，他所在城市的执法官把他的手脚捆绑起来，送到罗马，并雇用了一位职业杀手要除掉他，他被迫迅速逃离。在那次逃难中，他遇到了僧侣头子豪客斯泰腾，胡滕在他的《卑微的使徒书》中嘲讽过他，从那时起他一直都在引起胡滕的怒火。怀着满腔的愤怒，他拔剑向豪客斯泰腾刺去，但当这个给他带来这一切灾难的蠢猪发出祈祷时，胡滕改变了主意，把他扔到一边，让他逃走了。在这次逃难中，他还遇到了弗兰茨·冯·西肯根，一个非凡、有趣的人，并且读了歌德的《铁手骑士葛兹·冯·伯利欣根》。西肯根让他在自己的城堡里避难，在这里，两人先是一起阅读路德的书，感到路德赞同的东西，所有善良的人都应该赞同！胡滕还在这儿出版了许多书籍。

西肯根的死蕴含着一种崇高的东西。他和特里尔[①]的一位大主

---

① 特里尔（Trèves）：德国一城市。

教是宿敌，大主教包围了他在莱茵河畔的兰德施泰城堡，他奋起抵抗。他的堡垒坚不可摧，可是有一天在察看城堡的防御状况时，他被火枪打中，24小时之后就死去了。他被打中后，城堡里的人马上投降，因为那抵抗的灵魂已经被他带走了。这儿就发生了我刚才提到的那件崇高的事情。在死神就要到来的时刻，给他带来灭顶之灾的大主教走进来看他，这时他已经面色惨白，西肯根立即举了举他的帽子，并不在意他们之间的宿怨。在我看来他的行为是那种情形下最崇高、最有修养的行为。西肯根身上值得人敬佩的东西要比宿怨多得多。

西肯根死了，乌尔里希·冯·胡滕没有了依靠，不得不继续流浪。之后发生的一件事暴露了就我所知伊拉斯谟最卑鄙的嘴脸。在贫穷、需要人资助的时候，伊拉斯谟奉承胡滕，得到了胡滕的帮助，但现在他住在巴塞尔①，是一个富人了，而且进了皇帝的议会。胡滕找他避难，但他不愿意和胡滕有任何关系。胡滕于是写信给他的朋友，抱怨伊拉斯谟不接待他，伊拉斯谟则在他出版的一本书里对此事进行了歪曲。最后胡滕致信伊拉斯谟，愤怒地揭露了事情的真相，说这是对一个可怜的、没有希望、没有钱、没有朋友的人，所做的极为卑鄙的事情。伊拉斯谟于是猛烈地攻击胡滕，写了许多讽刺他的东西。这对胡滕来说是一件不幸的事，他无法洗清自己，于是胡滕继续流浪，但死神之手向他伸来。他到了苏黎世，但伊拉斯谟事先给当地的官员写信，要他们提防胡滕，说他是一个头脑发

---

① 巴塞尔（Basle）：瑞士西北部城市，在莱茵河畔。

热的人，当地官员迫使胡滕离开苏黎世。他离开了苏黎世，来到一个小岛，不久就死在那儿。他死前供养着一个妹妹，死时衣兜里仅有一枚银币。他辞世时35岁，是德国最伟大的人物之一，但他的精神没能在文学中得到体现：虽然不乏精彩的勾勒，但关于他一直没有一个详尽的介绍。

关于德国的宗教改革我们已经说了很多，在下一讲里，我要讲一个我们更感兴趣的国家——我们自己的国家，来继续这个话题。

第八讲

英国人：他们的起源、他们的经历和命运——伊丽莎白时代——莎士比亚——约翰·诺克斯——弥尔顿——怀疑论的开端

在上一讲中，我们介绍了德国人，一个伟大的日耳曼民族，讲述了我们这个世界上最伟大的造物主赋予他们的重要工作。下面我们来介绍日耳曼民族的另一个伟大部落：不管能否称得上最伟大，虽然从他们所取得的伟大成就上来看可以这么说，这个国家毫无疑问是我们最感兴趣的，因为它就是我们自己的国家，撒克逊人或者说英国人。这个国家也是在宗教改革时首次引起人们明确的注意，是和宗教改革这一伟大的事件有重要关联的国家。我们先粗略看一看宗教改革之前的那个时期，看看这个能用清楚的发音来表达自己的国家的情况——当时英国人一半靠单词本身的意义，一半靠其发音来进行交流。

撒克逊民族在早期并没有引起罗马人的注意，塔西佗几乎没有提到这个民族，托勒密[①]也只用了短短一行来介绍他们，他说："撒

---

① 托勒密（Ptolemy）：公元2世纪的古希腊天文学家、地理学家、数学家，地心说的创立者。

克逊是一个居住在辛布里·彻桑尼斯北部的民族。"辛布里·彻桑尼斯就是现在的丹麦。但在公元4世纪的时候,丹麦因其顽强的民族性格而引人注目,和伦巴第人一样,是德意志部落的主要对手。丹麦人早期依赖大海,他们之中富于冒险精神的人,很多时候都从事海盗和各种各样的航海活动。他们的航海技艺和战斗技艺在罗马人中间引起了极大恐慌。希多尼乌斯·阿波利纳里斯和阿米阿努斯·马尔切利努斯①两人都记述了这个民族桀骜不驯和狂野的一面。他们的小船制作简陋,用柳条编织而成,外面缝上皮子。吉本描述说他们有这样一个习惯:乘坐这种柳条船沿莱茵河溯流而上,然后把船扛在肩上穿街走巷来到罗讷河②,在那里放船下水,很快就出现在直布罗陀海峡。阿米阿努斯·马尔切利努斯讲了很多他们对大海的热爱之情,我们惊奇的是,在这些人身上能够看到我们布莱克和纳尔逊③祖先的影子。一般来讲,以航海为业的民族是最强壮的民族之一,检验一个人力量的最好方式,是把他放在一艘在狂风中颠簸的小船上,他必须时刻观察暴风的情况以便随时调整航

---

① 希多尼乌斯·阿波利纳里斯(Sidonius Apollinaris):罗马帝国末年的诗人,外交家,主教。西哥特人入侵时,他曾被囚禁,后被释放。他的作品反映了古罗马崩溃前夜与中世纪初期的西欧状况,具有重要的研究价值。阿米阿努斯·马尔切利努斯(Ammianus Marcellinus):4世纪的罗马帝国史学家,被誉为"最后的古典历史学家"。以拉丁文写成《大事编年史》,记述96—378年间的罗马历史,可视为塔西伦《历史》的续编。
② 罗讷河(Rhone):源于瑞士南部,流经法国东南部,注入地中海。
③ 布莱克(Blake):指罗伯特·布莱克,英国海军舰队司令,海军战术革新家。英国内战和第一次英荷战争中的海军名将。纳尔逊(Nelson):指霍雷肖·纳尔逊,英国传奇海军将领,在1798年尼罗河口海战、1801年哥本哈根海战、1805年特拉法尔加海战等重大战役中率领皇家海军获胜。

向，等待并抓住每一个有利的瞬间来完成自己的航行，因此，我们发现荷兰人和英国人是德意志最强大的两个部落。所以在路德还是梅斯卡①，我想是梅斯卡的作品中，我们看到了日耳曼民族的创世神话，说其中一个部落是用多瑙河河谷的泥土造的，另一个部落是用水造的，而撒克逊民族是用撒克萨或者哈茨山上的岩石造的。它们实际上都是最强大的部落，在这一点上与其他德意志部落有很大区别。这些人身上有一种沉默的粗暴品格，撒克逊民族比其他民族带有更多的狂暴战士的愤怒，在这方面他们与罗马人有相似之处，虽然这一点甚至在英国人中间也不太为人所知，因为我们没产生出伟大的画家，除莎士比亚之外，也没有人在艺术上取得过最高成就。但我们认为一个能产生出莎士比亚的民族，会出现更多伟大的人物。他们的才能像罗马人一样是实践性的，一种百折不挠的品质，执着于自己的目标和方法——总而言之是一种注重实践的伟大。

公元449年，当撒克逊人在赛尼特半岛②登陆的时候，如果他们当中的任何先知能像我们回顾公元449年一样，预见到1838年，我们猜想他会说罗马建国的确非常伟大，非常了不起，但并不比撒克逊人在这些岸边搭建的简陋房屋更伟大，甚至不如这伟大。他会看到我们现在的领土从加利福尼亚湾，从墨西哥湾入海口，一直延

---

① 梅斯卡（Mascou）："第一个写国家史（不仅仅是帝国史）的德国作家（艾伯特认为）"。出自《墨洛温王朝以来的德意志历史》。——原编注
② 赛尼特半岛（Thanet）：英格兰东南部海上与大陆之间被斯通河湾分隔的半岛。

伸到恒河和巴莱姆波特，甚至延伸到我们的安蒂波迪斯群岛[①]；他会看到撒克逊人的子孙比罗马人征服的地方还要多，罗马人征服的是人，撒克逊人的子孙征服的是海洋中的陆地和大自然的重重障碍，将大量蛮荒的版图进行改造，把它们变成可耕种的土地和文明的景观！

在那儿登陆约一百年后，撒克逊人继续向我们这里迁移。有人会说，对这样一个把握住了时机、充满野性的力量并且具有重大意义的事件没有多少记载，是很令人遗憾的。撒克逊人和不列颠人——这儿古老的土著居民之间的战争，持续了三百年。不列颠人和苏格兰人被慢慢地驱赶到山上，苏格兰低地成了撒克逊人的一个郡，直到今天，"撒克逊"还是凯尔特语中对英格兰人的称呼，苏格兰高地的人也用它来称呼苏格兰低地的人。"英格兰人"或"盎格鲁人"这一称呼源于他们最初来到这儿的那一块土地，即施莱思威克公国，今天我们称它为"盎格鲁"。

从辞源学上来看，"撒克逊人"这一称呼还不能确定，也没有多大价值。有一种看法认为这个词来自撒克斯这个民族所佩戴的一种剑或者刀。南尼斯人至今保留着他们的首领亨吉斯特[②]下命令时的用语"拿起你的刀！"撒克斯也还是一个威斯特伐利亚语的名字，要不就是梅斯卡写作时使用的。撒克逊人和不列颠人之间

[①] 安蒂波迪斯群岛（Antipodes）：太平洋南部的一系列岩石群岛，位于现在的新西兰东南部。1800年由英国海员发现，如此命名是因为其地理位置与英国的格林尼治恰好相对（即对跖点，英文 antipodal point）。
[②] 亨吉斯特（Hengist）：与霍萨兄弟二人相传为第一批迁到不列颠的朱特人领袖，与不列颠人作战，征服肯特，建立肯特王朝。

的三百年战争之后,是七国时代①中各个王国之间持续三百多年的战争。我们读到的是连绵的战争,是王位的不断更迭,我们竭力想记住它们,但只是徒劳,那些战争就像弥尔顿给我们描述的,是风筝和乌鸦的战争,因为它们不会引起我们的兴趣。实际上,那些参加到这种战争中的人是在阻碍英国历史的进步。而任何一个拔掉一株蓟或一丛荆棘,或排干一块沼泽地,或给自己建一所房屋,或者简而言之,把他看到的一个混乱地区恢复为秩序的人,都是在书写英国的历史,而其他的人只是在阻碍历史的进步。然而这些战争是无法避免的,占上风的人最适合留在那儿,弱的一方可能会存在一时,但战争到来时他们会被迫降服于更有力量、更有秩序的一方,这一方会治理混乱,恢复秩序。每一方都会在自己统治的地区、在自己的境况中,显示出充分的才智和勇气。

  一种深厚的感情倾注在这段历史上,实际上也是倾注在所有德意志人的历史上。例如,法兰克国王克洛泰(Clotaire)曾说过一句话——他本身是德意志人,一个非常杰出的德意志人。在临终前,当他感到自己快要死的时候,他大声叫道:"啊,啊,能把最强大的国王打败的上帝该是多么伟大!"这是一个野蛮人心中对他所不知道而又无法逃避的重大恐怖来临时极度惊讶的表现。在这些风筝和乌鸦的战争间隙,也有一种深情、一种灵魂的博大表现出来——我们经常看到一位君王尽力行善,把一切事情都尽可能地安排好。

---

① 七国时代(Heptarchy):从5世纪到9世纪盎格鲁-撒克逊王国的非正式联盟,由肯特、萨塞克斯、韦塞克斯、埃塞克斯、诺森布里亚、东盎格利亚和默西亚组成。

这方面有一个值得记住的例子,他就是阿尔弗雷德[①]。确切地讲,我们不能确定他是否是第一个将各个王国统一起来的国王,不过总的说来,他很可能是第一个。他拥有一颗博大的心,非常有能力胜任他的工作,他生活在一个野蛮、黑暗的时代。我们都知道他和丹麦海盗作战,经过全力拼搏,成功地将王位夺了回来。我们也知道他在使用武力的同时,如何用条约和英明的决策安抚他的臣民。而且,从文学上来讲,他在那个时代也很出色。他把许多拉丁文作品翻译成撒克逊语。他首次制定了我们称为英国宪法的东西,为宪法奠定了基础。人们会奇怪他能有这方面的天才,制定出一种延续了一千一百年的制度。他依照传统建立了牛津学院,虽然不是牛津大学,但不管怎么说他在那儿建立了学校。正如一个世纪以前查理曼大帝是欧洲的伟人一样,他是这个岛上的伟人,他的影响不是一时就能感觉出来的,但最终结出了累累硕果。伏尔泰说他是历史上最伟大的人——一方面是因为他的自我牺牲和英雄行为,另一方面是与此相连的温和。

在下一个世纪,或者说在一个半世纪以后,诺曼人夺取了英国的王位,这是一个重大事件,它使英国和欧洲大陆的联结更直接,而且带来了其他影响,尽管这些影响并非都是好的。诺曼人和那些在撒克逊海盗来到这些海滩三四个世纪之后离开家园的人,属于同一个民族(我这么说和流行的模糊说法相矛盾,那种说法认为在诺

[①] 阿尔弗雷德(Alfred):英格兰韦塞克斯王国国王(871—899)、学者及立法者,曾击败了丹麦人的侵略并使英格兰成为统一的王国。

曼人征服之后，英国分为两个民族），而且在迁移的过程中，由于遇到了古拉丁人和法国人，他们学会了一种新的语言，获得了一种总的来说比撒克逊更高的文化。他们还试图把法语引入这个国家，但完全失败了。

接下来的历史是对诸多历史事件的奇特描述，似乎除了战争之外别无其他。至少，这个国家的战争远远超过了其他国家，而且战争一直持续到临近伊丽莎白女王时期，因为直到她祖父时期，英国才统一起来。而且，苏格兰在这方面更为突出。在七国时代结束之前，苏格兰长达六个世纪一直动荡不安，一会儿合并到坎伯兰郡，一会儿局限在格兰扁区①。但在英格兰，在玫瑰战争②结束之后局势有了变化，最终整个英格兰结成一个独特而又重要的联盟。

这大约是在伊丽莎白女王时期开始的，是许多方面影响的结果，是由诸多事件合力推动的，而这一切在那之前一直处于对抗之中。这是能量第一次完美的奔流，是第一股能够说出来的力量。之前在亨吉斯特和霍萨身上，表现出一股撒克逊力量，但那不是一种能表达出来的力量，而是一种沉默的力量：它不是用语言显示出来，而是以行动表现出来。一般来说，正是在这儿，当力量能够说

---

① 格兰扁区（Grampians）：英国北部的一个区，位于苏格兰东北部，东、北临北海。
② 玫瑰战争（the Wars of the Roses）：又称蔷薇战争，是英王爱德华三世的两支后裔——兰开斯特家族和约克家族为了争夺英格兰王位而发生的断续的内战。此名称源于两个家族所选的家徽，兰开斯特家族的红蔷薇和约克家族的白蔷薇。战争最终以兰开斯特家族的亨利七世与约克家族的伊丽莎白联姻结束，开启了都铎王朝的统治。

出来时，旧的时代结束了。封建主义这种旧准则和另一种东西，即天主教，走向终结。像仙人掌树数百年开一次花一样，①这时出现了诗歌的一度繁荣——能量在适合它的环境里流动，一直持续到将来的某一个显现期。在其他时代都没有像在伊丽莎白时代那样，一时间出现了那么多伟大的人物——培根、罗利②、斯宾塞，最重要的是出现了莎士比亚！由于我们时间有限，不可能一一讨论这些伟大的人物，因此我们重点讲讲莎士比亚。

莎士比亚是伊丽莎白时代的典范，他在那个时代和其他时代都赢得了瞩目，使他之前许多沉默的东西都发出了声音，称得上是我们国家的代言人！现在，全世界的人们公认他是现代欧洲文坛上最杰出的作家。德国人像我们自己一样，一直是莎士比亚的热心崇拜者，而且他们的评论更给人以启发，更有见地，因为在德国最有智慧的人是用批评的眼光来看待莎士比亚的。最著名的论断是歌德在《威廉·迈斯特》中对《哈姆雷特》的评价，你们当中许多人一定看到过，可以说它是对《哈姆雷特》的理性重写，就像《哈姆雷特》已经被感性地解读过一样，甚至后来法国人也用同样的方式来思考《哈姆雷特》。莎士比亚是伟大的自然之子，其作品像荷马、埃斯库罗斯和但丁的一样，是从灵魂深处发出的声音。莎士比亚使用的是16世纪的方言，这种方言比在他之前所使用的任何语言都更富有表现力和理解力，因为知识在他那个时代已经取得了重大进

---

① 原文如此。
② 罗利（Raleigh）：英国大臣，航海家，殖民者，作家。他是伊丽莎白一世的宠臣，其文学著作包括诗歌、回忆录和世界历史著作。

步，因此他的语言更复杂，蕴含更丰富。

任何一个喜欢莎士比亚的人必定会说他是**一个全才**！莎士比亚的每一部作品都会引起愉快的共鸣，我们听到他笔下的朱丽叶讲着南方轻快的方言，哈姆雷特说着北方悦耳的话语，表达出最微妙的感情变化和最温柔的音调变化；他的奥托吕科斯（Autolycus）和道格培里（Dogberry）那粗鲁的、诚挚的幽默；最后还有那伟大的、严肃的狂暴战士的愤怒之火在一切人心底燃烧，使一切都以最灿烂的方式爆发出来，赋予一切情感以丰沛的正义。他不是在表达某一种特殊的情感，而是向我们展示他对每一个主题所倾注的感情。一句话，如果一定要描述他的话，我会说他的智慧比因创作而赢得别人好评的任何一个人，都伟大得多。我知道理性、想象和幻想等等之间有区别，而且毫无疑问这种划分有其方便之处，但同时，我们必须注意一点：大脑**是一个完整的统一体**，它不是每一种才能都具备，不管表现出哪一种才能——绘画、唱歌、好战，永远都有共同的特征，永远都有相似的表现。当我听到有人说诗人和思想家不同时，我确实看不出有什么差异，因为诗人确乎有着敏锐的洞察力，有着更为深沉、沉静的想象力，他是个诗人就因为他有那种优点。由此，我完全理解为什么马尔博罗公爵①有一次说他对英国历史的熟知要归功于莎士比亚。人们会理解这一点，因为莎士比亚所揭示的历史意义比许多历史书还要多，他的智慧使他能够立即抓住人们

---

① 马尔博罗公爵（the Duke of Marlborough）：是1702—1711年间对抗法军的联军总司令，在1704年的布伦亨战役中大胜法军。

最感兴趣的历史问题，并把它作为他戏剧的主要线索。在莎士比亚的戏剧中寻找智慧，比在任何其他作家身上寻找智慧都要容易。培根无疑非常伟大，但不能与莎士比亚相比。莎士比亚不仅**看到**了一个对象，而且**看透**了它，同情它，把它变为自己的东西。我们来研究一下他作品的构思，比如说《哈姆雷特》。歌德发现并使他的读者相信，莎士比亚的戏剧结构与事物的本质之间非常和谐，我们看到了他提供给读者的一切东西。而且更值得一提的是，我相信莎士比亚本人在他的作品中丝毫没有这样的想法，他没有这类的设想。他只是观察这个故事，他高贵的心灵、他内心深处的宁静，会使他像出自本能那样——用一种高贵的本能而不是以其他方式来注视这个故事。如果他写出的是对这个故事的评价，他就完全不可能说出歌德用来评价他的创作的话。因此，关于伟大作家的艺术创作，我们听到许多这样的话，说这其实不是**艺术**，而是**自然**本身；它并不为作者所知，而是作者内心本能的流露。滋养一切的大地不仅知道扎根于土壤中的橡树要对称，而且更令人欣喜的是，没有一个枝杈不符合要求，一切都是相称和谐的。这一切并不是大地本身有意为之，而完全是它自身的秉性使然，荷马就是这样。文学批评家潜入这些作家的背后，记录下他们行动的轨迹，以供他人模仿，但他们忘记了真正要记录下来的是这些人健康的心灵。这种健康的心灵知道为了使作家表现的主题彼此和谐匀称，什么应该写出来，什么应该省略掉，而不是遵循一定的规则，从中间写起，或者从结尾写起，又或者从主题入手，以及其他类似的规则。

我发现了一个普遍的现象：人的道德和他的智慧是相对应的。

实际上，道德是一个人心灵中最高尚的力量，是灵魂之灵魂，而且必须扎根于所有他想要描写的伟大事物的根部。在莎士比亚的作品中，总是能看到最高贵的同情，没有门户之见，没有残忍，没有狭隘，没有愚蠢的以自我为中心。他是我经常说的意识和无意识的最好例证，他身上那些伟大、深沉的东西，他似乎一点也没有意识到。在他的作品中，有时会看到一些我们今天几乎无法理解的华而不实的段落，这些段落常常过分夸张，远远不如他平常的作品，而在这些段落中他好像有意要写出惊人之语。但总的来说，他所写的每一件事情都有一种强烈的真诚在里面，人们能够一眼看出这种真诚，就像透过窗户看到一个人灵魂的博大一样。至于莎士比亚的生活，在所有足以打动人心的审判中，那该是一种多么不同寻常的生活！贫穷和卑微可怜的命运纠缠着他，如果是一个野心勃勃的人，他可能会疯掉，但他并没有向命运屈服，而这是我们的幸运。如果莎士比亚默默地忍受沃里克郡的生活，他丰富的内心会使他发现"石丛间的布道和一切事物的美好"，这样他可能就不会用他的作品来打动整个世界了。因而，在一切思想领域，一个偶然的事件、一次偶然的行动，常常具有意想不到的重大意义，因为最伟大的人总是天性沉默的人。我们可以肯定地说，在一个荒淫、聒噪的人身上是发现不了伟大之处的。就我们所掌握的不太确实的资料来看，他最初过着他那个时代和那个地方的狂野而又快乐的生活，在树林里奔跑，偷猎驯鹿，然后快乐地吃着热气腾腾的鹿宴，直到灾难降临，他被送到伦敦去写他那不朽的戏剧。在结束对莎士比亚的探讨之前，我就人世间的一切事物都可以进入文学创作再补充几句。我们必须说，批评家所说的莎士比亚有意使他的作品有一种和谐之美的看法是不正确的，莎士比亚的戏剧并不是天才的创造。他一般选取某一个古老的故事，把它作为他戏剧的主题，他唯一的目的是要为伦敦河滨区的剧院招揽观众，这是他要解决的唯一问题，他的天性和他高贵的心灵解决了其他问题。有鉴于此，我们发现他的某些剧本中有许多含糊不清和很不令人满意的地方，也看不出它们有何意义，但时不时地我们会看到真理的迸发，而且会不由自主地喊道："是的，就是这样的！"每一个时代对人类感情的描写都是如此。

现在我不得不离开莎士比亚，把你们的注意力引向另一个和莎士比亚截然不同的伟大人物——约翰·诺克斯。他和莎士比亚是同时代的人，虽然他比莎士比亚早出生六年，但无疑他们生活在同一个时代。如果说莎士比亚是最伟大的作家，是诗人之诗人，那么，约翰·诺克斯，如果真正了解了他，似乎是一个旨在驱逐不道德现象的人，就像莎士比亚排斥散文一样。

但我并不认为约翰·诺克斯能和路德相提并论，目前一些德国人持这种看法，他们被诺克斯伟大的诚实所折服，甚至把他放在高于路德的位置上。除了宗教改革，路德在其他方面也很伟大，他是一个伟大、坚强、乐观的人，做任何事情都很出色。诺克斯没有路德那种才能，他只是永远站在真理一边。他的真诚并不是自己意识到的，而是因为没有其他的可能性从而体现出来的。许多人肆无忌惮地谴责他，说他的行为极端粗俗无礼，说他是一个非常可怕的人，他甚至被描述为只致力于自己的怪念头，而全然不顾其他事情的人。但那种指责是不公正的,至于他那种道德上的严谨,说到底是一种伟大的东西:**假如**他是一个真诚的人,你就**有了**值得关注的对象,因为真诚是和现世、和世俗情感相分离的。阳光普照在大地上,看起来它和地面是接触的,实际上它和地面一点也不接触。因此,一个远离世俗的人,是唯一能坚持生存真理的人,他不是一味昧着良心空谈真理,而是实践真理。这是一个值得关注的、伟大的、重要的对象,而诺克斯正是这样的人。他受命把人们从黑暗的迷信和堕落中解放出来,恢复生活和秩序。尤其值得注意的是,他最初并没有想过要做一个改革者,虽然他清醒而充分地认识到新教肯定是真正的宗教,而天主教是伪善的。尽管是一名僧侣,他在当时决定不和天主教发生任何关系。他抛却世上的一切功名利禄,这样一直到了43岁,一个平和、沉静的年龄。他和他的雇主受到围攻①,被驱赶到圣安德鲁城堡,在给雇主家的孩子当家庭教师时,他和雇主的牧师有许多交流。牧师事先征求了听众的意见,这些人也非常想听诺克斯讲道。这位牧师突然站在布道坛上对诺克斯说:"在传授这么伟大的教义时你坐在那儿不合适,听众很多,但布道者太少,我(牧师)还不及你伟大,大家都渴望听诺克斯讲道,是不是,同胞们?"牧师这样问,大家一致同意。诺克斯不得不走向讲坛,但他当时浑身发抖,面色苍白,最后突然涌出眼泪来。他走下讲坛,一句话也没能说出来。②

---

① 他在许多绅士家里做过家庭教师,以此谋生。
② 因为他觉得自己才疏学浅,担负不起这样重要的工作。

从此时开始，他四处漂泊，抗拒命运的安排，直到最后他不敢再拒绝，是火一样的基督教洗礼感染了他，不到三个月他就成了布道士。圣安德鲁城堡被攻陷后，城堡里所有人都成了俘虏，被带到卢瓦尔河[①]上当划船的奴隶，不能离开那里。策划逃跑的首领被投进监狱，那一年诺克斯47岁或48岁，从那时起他的整个生活就像一场战斗。七年之后，我们发现诺克斯从法国军舰上逃了出来，回到英国。

在路德身上，我们经常看到绝望的影子，特别是在晚年，他说自己"彻底厌倦了生活，非常希望我的造物主能让我永远休息"。还有的时候他哀叹新教没有希望，说所有的教派在审判最后到来的那一天，都会起来造反。但在诺克斯身上我们看不到这一点，他从不放弃，即使在卢瓦尔河上也是如此。他们被命令去做弥撒，但即使去做弥撒，也不能阻止他们戴帽子。[②]有一次，为了对军舰上的人表示尊敬，他们把圣母玛利亚的像带来了。圣像首先被递给诺克斯，但他看到的是一块画着圣母像的木头——一块"被框住的面包"，他用苏格兰方言这么称呼它。当别人催促他往下传递的时候，他把圣像扔到水里，说："圣母既然是木头的，就会漂流。"像乔叟一样，诺克斯很有幽默感，这种幽默是用他那有趣的苏格兰方言表现出来的。他著有《苏格兰宗教改革史》，但比他所有的历史作品都要好得多的是他的自传。最重要的是，他身上有一种真正

[①] 卢瓦尔河（Loire）：法国最长的河流，诺克斯被指控参与谋杀一位大主教，被处罚在船上做奴工两年。
[②] 做弥撒时应脱帽，以示恭敬和礼貌。这里表示他们的抗议。

自然的质朴，一种对目标的执着。他的好脾气和幽默感以非常独特的方式表现出来，完全不是嘲笑，而是看到滑稽可笑的事物时真心感到的快乐。因此，当他描写两位大主教争吵时，毫无疑问他对他们的争吵会使他们的教堂蒙羞感到好笑，但主要是他对看到他们穿着白色的法衣乱舞、衣袖被撕破的场面，感到好笑，为他们一方要毁灭另一方的搏斗，感到可笑。

对诺克斯的所有责难，似乎是他缺乏耐心，这些责难几个世纪以来一直在扰乱人们对他的认识，令人沮丧。他需要有耐心和耐心带来的所有品质，他尤其需要改正跟玛丽女王说话时那种粗鲁、野蛮的方式。现在，我要说，当读到这些话时，我觉得这些指责并不公正。既要求诺克斯做那样的工作，又要求他彬彬有礼是不可能的。他要么粗鲁，要么完全放弃苏格兰和新教。玛丽女王想把苏格兰变成她叔叔们——吉斯家族的狩猎地，在许多方面，她看起来是一个软弱、缺乏头脑的女性，而诺克斯在礼貌和职责问题上，注定要选择后者而不是前者。但他的粗鲁并不是粗野和野蛮，而只是对必须要做的事情的陈表。君主是个女性对诺克斯来说也是不幸的，他没有一个男人可以与之打交道。如果君主是位男性的话，他不会有那么多的怜悯；如果一位男君王坐在那里，他可以以同样的方式同他讲话而不必担心。莫顿伯爵[①]在诺克斯死前给他的评价很到位："躺在那儿的这个人从来没有惧怕过男人！"当我看到他不得不做的一切，看到他发现的那些野蛮游牧部落如何在他手中变成了

---

① 莫顿伯爵（Earl of Morton）：1572—1577 年间为摄政王，1581 年被处决。

安静、文明的民族，看到他如何把一直存在于人类心中最伟大的思想，送进最卑微的人心中，送进苏格兰每一座简陋的小屋里，我禁不住仰慕他，并期望所有正直的人都能这样做，不管他们在思想上和他有多大的分歧。我们不能期望所有的人都和我们的想法一样，对我们来说，有真诚的信仰和真诚的信念就足够了。

我想请你们注意的第三个人是弥尔顿。他比诺克斯晚一个世纪，可以把他看作是莎士比亚和诺克斯的综合。我们不知道莎士比亚信仰什么宗教，他是一个宇宙信仰者，为许多可以称为宗教的东西所打动，对一切带有神性的东西充满敬意，但不属于某一个特别的教派，既不完全信新教，也不完全信天主教。但弥尔顿是一个彻底的宗派主义者，可以说他是长老会的会友。他的知识是从诺克斯那儿来的。因为诺克斯的影响不只局限于苏格兰，他的影响首先在苏格兰扎根，并不断增长，直到誉满苏格兰；然后向英格兰扩展，对一些重大事件产生影响；最后引起苏格兰和查理一世的争论，于1688年英国资产阶级革命时结束——那次革命影响深远，直到今天英国还在受益。

弥尔顿从诺克斯身上学到很多，他一半是个宗教哲学家，一半是个诗人，因此看不到他是一位诗人的人必定心胸不开阔。弥尔顿有着撒克逊人狂热的情怀，内心充满了深沉的宗教乐曲，就像大教堂里的音乐一样优美动听。但他无法和莎士比亚比肩，他和莎士比亚的关系就像塔索或阿里奥斯托同但丁、维吉尔与荷马之间的关系一样。他意识到自己在写史诗，意识到自己是一个伟大的人，任何一个伟人都没有像弥尔顿这样有如此强烈的自我意识，那种自我意识是衡量他伟大程度的标尺。他不是一个与深沉的伟大有过真正接触的人,他的《失乐园》在构思上不像莎士比亚的作品一样是史诗,它不是来自事物灵魂的声音,也并非一气呵成,而更像是后来缝合而成的。他对事物的恻隐之心与莎士比亚相比要狭隘得多——太具宗派气。一个心怀宇宙的人心中没有恨,虽然他也拒斥令人不快的事物,但不是恨它,因为任何东西都有它存在的理由。莎士比亚不是个好争论的人,弥尔顿则极好争论。

弥尔顿对这些问题的专题论述我们现在读来十分乏味。《失乐园》是一首雄心勃勃的长诗,是在巨幅画卷上绘制的不朽图画,但当我们把注意力集中在我们心底的东西,就像在但丁的作品中那样寻找它对人类生活之美的展现时,发现它并不是一部那么伟大的作品。它是我们沿着铺好的街道的旅行,而不是地狱之火。但丁描写的是地狱之火,弥尔顿不是,他的人物没有生命,亚当和夏娃是美丽、优雅的个体,但没有给他们吹入皮格马利翁的生命,他们是冷冰冰的雕像。弥尔顿同情的是物而不是人,是自然界的景物和现象,是整齐的花园,是沸腾的湖水。至于心灵的情形,他看不到。除了撒旦,他没有描写人物的心理,撒旦可以说体现了诗人弥尔顿阴暗的性格特征。但我希望你们不要以为我轻视弥尔顿,根本不是。

在下一讲中,我们要看一看法国文学。

第三部分

第九讲

伏尔泰——法国人——怀疑论——从拉伯雷到卢梭

这一讲英文原版没有记录。[①]

[①] 安斯蒂先生因患疟疾,没能参加卡莱尔的第九次演讲。卡莱尔在这一讲中所讲的法国文学可以从他有关狄德罗和伏尔泰的长篇论文中推测出来,这些论文收在他的《文集》里面。——原编注(摘)

第十讲

18世纪的英国——怀特菲尔德——斯威夫特——斯泰恩——约翰逊——休谟

在今天这一讲中，我们将看一看18世纪的英国，这个世纪对我们来说非常重要，因此，19世纪的我们会非常感兴趣。

在上一讲中，我们看到1800年来形成的信仰体系里面，有一种令人忧虑的现象，看到那个时期所形成的人类思想的伟大里程碑最后崩塌，化为自杀性的毁灭。我们看到一个杰出的民族毁灭了：在伟大的时间种子田里，颗粒无收。因而歌德说得好："我的遗产，一无所有！时间，一无所有！"因为人类做的每一件事情就像把种子撒进田地里，它在那儿不断地生长。但法国人什么也没有播种，不仅如此，伏尔泰还把火扔进了干燥的树叶里，引起的燃烧我们会慢慢注意到。关于伏尔泰我们只能简略地说一说。他是一个内心快活的人，非常敏锐，表现出最辉煌的天才，但缺乏深度；他涉及的问题多且广，但在重大事情上，除了令其溃烂、毁灭之外，没有其他作为。人们曾一度认为人类陷入了怀疑论，我们可以想见其他所有思想领域必定会变成同样贫瘠的沙漠，比如说政治。在法国，也出现了马布利[①]、孟德斯鸠和其他众多持怀疑论的作家，最后在卢梭的《社会契约论》中集中体现出来。他们认为智慧的最大用处不是用来观察自然的外部特征，不是特定情形所要求的爱或恨，而是研究为什么会出现这种事情，并解释它、论证它。在英国以及在所有的欧洲国家都是如此。

法国知识分子最典型的两个特征是形式主义和怀疑论，这两个特征成为那个世纪所有国家知识分子的主要特征。法国文学在所有国家都扎了根，迄今为止最肤浅的事情之一是它没有给人类带来任何东西，没有给人类带来任何信息。但另一方面，它最讲求逻辑的精确性，遵循已有的规则，精心筹划，这一点渗入欧洲其他国家。甚至在德国，法国文学有一个时期如此受欢迎，以至于几乎占据了公众的思想。在英国、在西班牙也同样如此。在西班牙，波旁王朝把法国文学介绍进来，塞万提斯的优秀作品被法国文学挤占了，此后再也没有重现其过去的辉煌。出现这种情况并不是因为人们怀疑任何一个特殊的信条，而是因为社会变得完全不可信赖，宗教信仰完全变成了狮头、羊身、蛇尾的怪物，因此，对任何一个观察者来说，宗教信仰是否在地球上存在都尚有疑问。人们看到欺骗盛行，看到周围的真理被践踏得粉碎，看到骗子在他的办公室里上班，而且看到骗子干得比其他人还要好。直到最后人们也赞同这种新的秩序，自己也加入这种可悲的安排，热衷于追逐名利，除了信仰一些

[①] 马布利（Mably）：18世纪法国著名的政治家、理论家和历史学家，著有《论法制或法律的原则》《论公民的权利和义务》等。

人们通常信仰的**金钱自有金钱的价值**以及**享受就是快乐**之外，没有其他的信仰。如果可能，为那个国家和它的人民悲哀吧，因为他们不管做什么，总是期待回报！看到这些很令人难过。这样的时代特别令人痛苦——它是一个国家的隆冬季节。如果没有春天来临，那么为这个国家悲泣吧！所有的人都会为这种令人困惑的现象而痛苦。

在英国，这种有害的精神不像在法国那样深，这有几个原因。一个原因是英国人在本性上比法国人要温和、深沉得多，任何时候都不像法国人那样容易被吸引，不管是被怀疑论还是被其他更有价值的东西。另一个原因是，英国是一个新教国家，一个自由的国度，它与法国截然不同，是一个治理得很好的国家。一个英国人可以调和他的意见，而且任何时候都可以保留自己的意见。我们发现许多英国人只相信自己对世界上各种大事的调查研究，尽管不能把彻底的怀疑论这块黑色的领域完全置于身外，他们仍然全心全意地、勇敢地做许多事情。与此相反，在法国，一切事情都处在一种极度糟糕的状态，很多事情都要依赖耶稣基督。无论如何，18世纪——我们认为这是一个争论的世纪，不能说它完全没有信仰，但它是一个矛盾的世纪，除了争论之外，没有其他的东西。

以前从来没有过这么多的论争，特别是关于萨谢弗雷尔博士的[①]论争。所有的东西都要接受同一个标准的检验，从对萨克威瑞

[①] 萨谢弗雷尔博士（Dr. Sacheverell）：指亨利·萨谢弗雷尔，英国教士。1705年发表演讲和小册子拥护高教会和托利党。1709年在德比和伦敦布道，谴责宗教宽容及《信仰划一法案》。1710年2—3月受审，被令停止布道三年，销毁布道录。这一事件引发伦敦人对辉格党政府的不满，使托利党人上台。

尔博士的论争，到整个形而上学，再到摩西的神圣使命，从休谟、培利①，一直到我们时代的一些作家所撰写的有关奇迹以及类似问题的文章。尼克尔斯的《18世纪的掌故》是一本很有趣的书，描述了这一论争状态的有趣画面，其中十分之九的掌故是关于教会和教会问题的，好像人的智慧除了用于辩论便没有别的用武之地了。现在，虽然我对逻辑表示我最大的敬意，但我要斗胆说，像宗教信仰、政治信仰这些重大问题，如果只能用逻辑来表达的话，实际上和失去意义一个样。我要你们记住歌德说过的话："最重要的东西是**表达不出来的**。"神圣的事物中总是蕴藏着最深的秘密，庞培②在耶路撒冷神殿里寻找有什么秘密时，还认识不到这一点。

在古埃及的塞伊斯（Saïs），有一尊蒙着面纱的雕像，但那也不是让人看的。一个没有秘密的人也被看作没有理解世界上最伟大、最出色的东西的能力。我十分赞赏写在瑞士人花园上的那句箴言："说话是银，沉默是金！"在话语尽情地表达过之后，沉默便囊括了所有话语忘记表达或不能表达的东西。说话有时间性，是现时的；沉默是永恒的，所有伟大的事物都是沉默的，当用逻辑对它们进行辩论时，它们实际上等于失去了意义。语言根本不可能证明信仰或道德，因为如果我们想一想，逻辑意味着什么呢？它好像是在强调人们要信仰一个东西，但那样做实际上不可能带来这种强制性。把所有的事物都放在逻辑面前看一看，我发现只有一件事情要

---

① 培利（Paley）：英国神学家和功利主义哲学家。著有《论道德和政治哲学原理》以及《自然神学》等。
② 庞培（Pompey）：古罗马将军及政治家。

完全依靠逻辑，那就是欧几里得的原理。在其他方面，准确地说，逻辑只能向别人详细说明**你信仰**的是什么。你这样做了之后，一个有你这样心理的人，看到你的信仰，可能也会像你一样去信仰。但在数学上，一切东西都是按照某种简单的、权威性的名称来称呼的，那就是它的最终情形，就像二加二等于四、半圆的角是直角一样。但人们对称谓词的含义也有不同看法，这要视情形而定。比如，我们拿**美德就是实用**为例。在不同人的心目中，对美德和实用有不同的界定，让他们陈述自己的信仰，但不要试图用狭隘的逻辑来限制对美德和实用的界定。尽管以前学过逻辑，但我没有看到过一个完整的三段论，没有看到过一个排列正常的三段论，不过我能看出它会推导出一个无知、可悲的谬误。

不管这一时期的英国文学多么不完美，它的精神却是最伟大的。英国做了几件大事，建了几座大型城镇，像伯明翰、利物浦，建造了庞大的工厂、造船厂。英国至少有真诚存在，比如，发明了珍妮纺织机的理查德·阿克莱特是个真诚的人，瓦特在发明方面也很真诚，但法国不是这样。这一时期真诚的另一个重要特征是出现了我们称为卫理公会的教派。表面上看，它只是汇集了一些空洞的教规，刚开始时几乎没有带给人什么启发，因为它存在于普通大众愚钝的心中。它的成功很大程度上要归功于怀特菲尔德，他是一个能干大事的人，在把自己的天才付诸行动之前，和周围那股否定性的力量进行了无数次激烈的斗争。他所有的**逻辑**和他心中的**火焰**比起来微不足道，自彼得隐士以来无人能比。他先是到了布里斯托尔，向附近的煤矿工人讲道，他们还都是些异教徒，他坚持向他们传教，直到他看到，像他告诉我们的那样，"他们黑皮肤的脸上闪烁着白色的泪花"。他又来到苏格兰，在那儿募捐，用以皈化异教徒。想一想苏格兰人那种艰苦、节俭、冷冰冰的性格，做到这一点的确不容易。他到格拉斯哥传教，讲到印度人和他们恶劣的生存环境，他们还不愿意捐款捐物去救助这个可怜的民族吗？他点燃了这个冷淡民族的火焰，结果，身上没有带多少钱的人跑回家去取，甚至抱来了毯子、农具、火腿，等等，在教堂里堆起一座小山！这是证明这项工作是好还是坏的极好例子。休谟听说了怀特菲尔德在卡尔顿山上的事，没有比这更能打动他的了。

看一看这一时期的文学，我们发现很少有蒸汽机时代的那种精神。我们没有时间来讨论德莱顿了，他是一个生不逢时的伟大诗人，也是一个形式主义者。他的灵魂和他要写的东西不再相一致，他只关心自己在宫廷的影响，而且为了这个目的，他把法国的戏剧作为自己创作的范本。他变成了一个只注重作品形式的人，而不去安静地、默默地描述他内心的东西。但我们不应因此而责备德莱顿，是贫穷导致他这样做的，而非他愿意如此。德莱顿最后变成了一名罗马天主教徒。他是一个非常有才华的人，从他翻译的作品中可以看出来。比如他翻译的《埃涅阿斯纪》，里面有许多优美的、给人深刻印象的东西。

在安妮女王时期，在那个最丢脸的家族——查理家族去世之后，出现了一种温和的怀疑。彻头彻尾的形式主义是安妮女王时期的特征，但在这一切之中，令人惊奇的是出现了许多美好的征兆，说出了很多真理。艾狄生只是一个外行的布道者，完全拘泥于形式,但他确实说出了他那个时代的许多真理,是一个拘泥于形式的人做出不朽之事的范例。斯梯尔更加**纯真无邪**,但他只是艾狄生的追随者,过分地遵从艾狄生,而人们只会给艾狄生投上冷冷的一票。

我认为那一时期最伟大的人物是乔纳森·斯威夫特,主持牧师斯威夫特。他虽从小营养不够,但身体非常强壮,有一颗真正的撒克逊人的心,对宗教不无尊敬,虽然在某些情形下宗教没有唤醒他。由于刚开始进入教会时他并不是非常愿意,所以他没有把它作为一种使命,但看到他自己安排的一些宗教活动,你会感到很惊奇。有人看到他有一天以一种秘密的方式给他的仆人讲道,而且每天早晨一次,因为他下决心无论如何要摆脱陈词滥调。但他是一个受过教育的异教徒,心中没有上帝,他感到自己生活在一个混乱、虚伪的世界上,这一点没有人比他看得更清楚。他以言辞刻薄著称,身体和灵魂中都有敏感尖锐的神经。因为他经常生病,同时对周围的一切感到愤慨,于是,他拿起最适合于他的武器——讽刺,并把它提到史诗的高度。他的冷嘲热讽中有一种伟大而又令人畏惧的东西,因为他的讽刺不只是追求效果,也不旨在蔑视,他对所嘲讽的事物常常怀有一丝同情。有时候,要他不带同情,不带着一种爱去嘲笑任何事物,甚至是不可能的,这种爱同塞万提斯对美德的普遍赞颂是一样的。斯威夫特的行为中有许多悲哀的、悲剧性的东西,应该受到责备,但我不能赞同这种看法:认为他是在残酷地、无情地胡闹。在许多情形下,他从本质上显示出是一个非常真诚的人,对同胞充满同情。例如,我们看到他在附近为贫穷的爱尔兰人设立了银行,当他们来借钱时,他只要求他们能守信用。"把握住自己的机会,"他会说,"如果你没有把握住你告诉我的机会,不要再来找我。"如果他们没有把握住机会,他会对他们说:"不要再来找我,如果你没有办法把握住机会,如果你不能守信用,你还能适合干什么呢?"这些都证明他是一个充满爱心的人,但对别人的缺点一点也没有耐心。不过我们当中没有人能感受到他的痛苦和不幸,他被置于野心、混乱和不满的境况之中,最后陷入宿命论,患疯狂病而死。斯威夫特死得非常凄惨,他知道自己快要疯了,在死前的一刻,他看到一棵树的树梢枯萎了,说道:"就像那棵树一样,我也要从顶部死去了。"约翰逊认为斯威夫特是一个胡说乱写的人,给野心勃勃的人提供了一个典型,一个严厉的教训。①

另一个拥有同样思维而且非常值得我们关注的人是劳伦斯·斯泰恩,他身上也有一种在表面的恶中挣扎的伟大的善。虽然他严重地失职,但我们还是要敬佩他身上那种亲切、充满爱的愉快品质。他也是我们伟大母亲的儿子,不像其他作家那样拘泥于僵硬的公式、依附于形式而不接触现实。虽然人们对他有很多微词,我们还是能感受到他对周围的事物充满了博大的爱。因此关于他,就像我们对从良的妓女所说的:"多多宽恕他,因为他爱过很多。"毕竟,他是一个单纯的人。

我对于蒲伯没什么要说的,争论他是否是一个严格意义上的诗

---

① 卡莱尔这儿指的是约翰逊在《人类愿望的虚荣性》中说的两句话:"马尔博罗眼中流出昏愦的泪水,斯威夫特把昏庸虚荣送上了末路。"——原编注(摘)

人没有多大用处，不管怎么说，他都是古往今来最好的人之一，用英雄双韵体——押韵的英雄双韵体，写出了很多含义深刻的诗句。

给18世纪的一切烙上最深刻印记的两个人，毫无疑问是塞缪尔·约翰逊和大卫·休谟。他们两人是影响时代的两座高峰，相反的两极——一个推翻了伟大的、影响深远的思想，另一个则是极为出色的、严肃的、伟大的保守派人物。

从某些方面来说，塞缪尔·约翰逊在欧洲是完全独一无二的，在那个年代，欧洲没有像他那样的人。例如，法国的保皇派只是一些因其愚蠢和各种各样的不诚实而成事不足、败事有余的人。

约翰逊是一个胸襟博大的人，非常诚实、正直。不管我们对他持有多么不同的意见，在这儿都不重要，人们一定会视他为所有诚实之人的兄弟。任何一个在伪善的包围中坚持这一真理的人，都会感到"生活中还是有真理存在的"。而且，他是坚持那一真理之人，在来世的海洋中，当所有的船舶都失事时，他仍会坚持这一真理。如果不坚持这一真理，他的一切就都完了，约翰逊知道这一点，并且遵照它来行动。几乎没有人像约翰逊那样曾经影响现存秩序，他在英国掀起了一场反对法国大革命的运动，人们一般称之为皮特运动（Pittism），说它是最诚实之士内心的需要。约翰逊的生活极为凄惨，几乎没有人像他那样在早年的生活中遭受过那么多的磨难，甚至斯威夫特也没有遭受过如此多的苦难。他是个"极富忍耐精神的人！"约翰逊的体质非常差，总是生病并且忍受着病痛的折磨。在牛津大学公费读书的时候，他穷到没有鞋穿，常常赤脚走在街上的烂泥中。一位有仁慈之心的人看到他打赤脚，把一双鞋放在他的门口,但这激怒了约翰逊,因为这表示他穷得买不起鞋。他把鞋扔到窗外,而不是穿在脚上。然后,他就一次又一次地生病。周围的人认为他一定疯了,最好送进疯人院。

离开牛津之后,他想当一名教师,但没能成功,之后他到伦敦碰运气。在伦敦,他一天只有四个便士维持生计,有时没有住处,只好睡在货物堆里、楼梯上,有时住在地下室里。他是我眼中最伟大的英雄,因为尽管有这么多的不幸,他始终没有倒下,像狮子抖掉身上的露水一样,他把不幸从身上抖开!他一点也没有想过要成为一个伟人,他只是尽力不被饿死!虽然一想到如此伟大的一个人竟遭遇这么多的苦难不免令人难过,但我们必须看到这些苦难激发了他的进取心,最后他确实找到了要做的事情。他的目标不是四处寻找、研究事物的原因,在这个世界上要**做**的事情很多,而需要**知道**的事情并不多,最重要的是一个人在这个世界上能**做**些什么!

在18世纪,再也没有比塞缪尔·约翰逊更乐观的人了,他忠实于那个时代,他有信仰而且坚持信仰,是一个真正有灵气的人。约翰逊有幸遇到一位能欣赏他的人——鲍斯韦尔。任何人都会喜欢可怜的鲍斯韦尔,他讲述了他对约翰逊的尊敬以及二人之间的密切关系。把他们两人放在一起看一看,一个是平民出身的不同凡响之人,另一个是自负的苏格兰人,满口我们国家的绅士之类的荒谬自负的鲍斯韦尔,竟然把约翰逊这个伟大、头发蓬乱、不修边幅的教师所说的话和他的奇闻逸事记录下来,并以崇敬之心珍惜它们。而且,鲍斯韦尔把这些东西加以整理,写成一本非常吸引人的书——《约翰逊传》,在他去世之后还产生着影响。《约翰逊传》是一部史诗性的著作，很长时间以来一直位居英国传记文学之首。

但我们现在必须来看一个与众不同的人物，他就是休谟。休谟和约翰逊同一年出生，但两人很少有相似之处。休谟同样值得我们关注，他有着和约翰逊同样大的名气，同样的真诚，但感觉远不如约翰逊那样睿智。他不像约翰逊那样忠于自己的信仰，但他有着同样崇高的坚定，有着在沉默中爆发的力量，并在他那坎坷的生活中表现出来。他不应该去经商，因为那和他作为绅士之子的出身不协调。然而，他的父母希望他通过某种方式挣到钱，他们要他做这样那样的事情，最后把他送到布里斯托尔去做商人。但在商海沉浮了两三年之后，他觉得不能再这样下去了，而且非常渴望用所学的知识去谋生，于是他弃商从文。

他竭力想在爱丁堡大学当教授，但他们不接纳他，于是他在布列塔尼[①]的一个名叫弗赖施的小镇居住下来，年收入只有60英镑。在那儿，他开始写书，不久就变得很有名气。他一生中没有得到任何有钱人的资助，虽然后来他引起某个阶层人士的关注。一些富人最后确实眷顾他，但他在世时没有得到普遍的认可。他的主要作品《英国史》没有读者，他像一个有高度自制力的人，像一个英雄，像一个沉默的人那样，忍受了这一切，然后平静地继续做下一件事情。我听到一些对休谟印象深刻的老年人谈起他在考验面前所表现出的那种伟大的幽默感，幽默在他身上是一种沉默的力量，这一点与约翰逊极为不同，约翰逊的粗犷和他的英雄行为相得益彰。至于

[①] 布列塔尼（Brittany）：法国西北部一地区。

休谟的有条不紊，在这一点上没有人比他做得更好，他总是知道从哪儿开始，到哪儿结束。虽然从本性上看他不易动感情，但在他的《英国史》中，随着写作的深入，他不时达到史诗的高度。例如，他对英国资产阶级共和国的描述就像用蜡笔勾画出来的一样，人们在那儿看到他博大的心胸，而且充满了和谐。说到他的怀疑论观点，那是非常超验的，从头到尾都是超验的。他从研究洛克的论文开始。像当时通常的看法一样，他认为逻辑是通向**真理**的唯一途径。从这一点开始，他不断深入，最后把他的结论展示给大家，即没有任何事情是可信的或是能论证的，他唯一可以肯定的是他自己是存在的。他坐在那儿，头脑中思考着各种事情，任何人对他来说都是虚幻的、不真实的。现在看来应该公开这种观点，因为如果那就是怀疑论的全部，让它广为人知对我们来说是非常有好处的。休谟给我们提供了很大的帮助，因而所有的人都会看到怀疑论到底是什么，然后会放弃那种在头脑中编织逻辑之网的无用之举——没有人会再继续编织它们了。

休谟也是我们已有的三位历史学家中非常有名的一位，因为他写的历史经得住时间的考验。休谟比罗伯逊或吉本表现出更多的洞察力。罗伯逊就像约翰逊认为的那样，实际上是一个肤浅之人。在和鲍斯韦尔谈到他时，我们看到约翰逊总是反对罗伯逊。但罗伯逊有很强的架构能力，没有人比他更知道一个故事如何开始，如何结束，这是他最伟大的品质。另外，他还有一种温和、圆滑的性格。总的来看，他只是一个政客，坦诚接受对他们三个人的共同指责，这种指责说他们三人都缺乏信仰。对罗伯逊的攻击更甚，说他是

《圣经·新约》的牧师，讲道或者假装讲道。罗伯逊一定没有什么道德动机，例如，在描述诺克斯时，他所能探知的动机只是悲惨的饥饿、抢劫的嗜好和金钱的影响，而这也是休谟的观点。吉本的观点也同样出名，只不过是以一种更加令人不齿的方式出名。作为一个历史学家，他比罗伯逊伟大，但比不上休谟。他极尽夸夸其谈、大吹大擂之能事，对于罗马帝国衰落及衰亡的描述，没有人比他更冗长，但对于这些现象，他没能找出深刻的原因，只是说是由于罗马人的病态神经以及各种各样卑劣的动机导致的。

因此，那时的世界似乎是欺骗盛行，一团混乱，崇高之士只能鄙视它、嘲讽它。

下个星期五（不是星期一），我们将继续这次的讨论，并评论一下怀疑论的衰落和它的终结，感谢上帝，怀疑论在历史上并没有持续很长时间。

第十一讲

怀疑论的终结——少年维特式的多愁善感——法国大革命

在上一讲中,我们回顾了文学中的怀疑论,一直讲到大卫·休谟,他是当时最伟大的作家,在许多方面也是最值得研究的作家。今天,我们来看一看怀疑论的终结。

把怀疑论和远在它之前的一件事相比较,比如说把休谟和但丁放在一起,你们不免会感到奇怪。休谟和但丁相隔五百年,他们两人都是各自时代最伟大的人物(两个人都在各自的社会背景下最好地成就了自己)。我之所以把他们放在一起,是想看看但丁是如何做的,休谟又是如何做的。

但丁看到宇宙中存在着一种神圣的规律,威严而又优雅地表现着自己的意志,他抓住了它;休谟在宇宙中看到的只有混乱,除了自己的存在以外,他对任何事情都持怀疑态度。但他的直觉比他的理智更真实,因此,他一直遵从自己的直觉,没有给任何人带来伤害。因为就他所写的书而言,他相信它们是有道理的,因此把写的书出版对他来说似乎是做了一件应该做的事。他的智慧除了用于写书，没做别的事情，而且，在我看来，他将自己写的书出版对人类是一个重要的贡献。

但不管怀疑论在当时，特别是在法国多么受欢迎，它只不过是人类心理的一种疾病，在我看来是一种非常糟糕的状态，至多也只能是获取知识的一种途径，因为它不是要找出什么是谬误，而是要确定什么是**真理**。当然，这是人类真正智慧的体现！但如果我们心中只有逻辑，认为逻辑是获得真理的唯一方式，认为一个人除非站起来，在他所在的位置上画一个记号之外，其他的一切都不存在，这是一个完全错误的、没有保证的尝试，他忘记了保持缄默是更好的办法。如果真理只有借助逻辑的展示才能令人信服，那么，我们不要它也罢。

那时，不仅非宗教信仰者持怀疑态度，人的整个心理体系都是怀疑论的，信仰基督教的人也怀疑一切，不断地用合乎逻辑的证据来证明他们教义的正确性。有试图证实的动机有何用？那些站起来行动的哲学家才是正确的。宗教也是如此，宗教貌似合理，但用逻辑论证来证明不可言说的东西只能是徒劳，不过这种习惯在18世纪流行于一切思想领域，在那一代人眼里，只有逻辑是有用的或实用的。这是一种不健康的心理状态，试图把每一件事情都理论化。当然，为了理解一个事物，最好有一种理论做指导，但从另一方面来看这又是不可能的。例如，在我们讨论的欧洲文化历史中贯穿着一种理论，为了方便起见，我们使用这种理论，但这种理论和我们用来解释它并说明它之所以出现的理论，有很大差别。

因而，只有一种成功的理论（像我在开始演讲时所说的），那就是太阳系理论。至今为止还没有比它更成功的理论，但即使太阳系也不是完美的。我们可以说，天文学家熟悉一两个行星，但并不真正知道**它们到底是什么**，它们要到哪里去，也不知道太阳系是否会自己形成一个更大的什么系。简单来说，对任何一个理论有一定了解的人，知道的主要是这一点，即关于它还有许多未知的东西，还有许多谜题，它会把我们引向无穷的宇宙。一句话，他并不真正知道它到底是什么。让他以一块石头比如说他脚下的一块鹅卵石为例，他知道这是一块石头，是从和创世纪一样古老的大石块中崩裂而来的，但那块鹅卵石究竟是什么，他并不知道。

这种对任何事物都要找出一种理论的系统，我们称之为心理的迷乱状态。那个人一定被误导了，他不知道世界的真相，即世界本身是真实存在的，不是一个庞大的、令人迷惑的假设；他一定被剥夺了理解它的能力，除了迷乱我没有别的词汇来描述它。一切都被放在单纯的逻辑面前，一个人无论走到哪儿都会碰到这样那样虚假的理论，甚至万物的中心也被带到道德这一层面上。关于美德和恶习有一种理论，关于责任和不负责任又有一种理论，这种做法将来会被视为一个特别的程序。我一想到这些，就越来越强烈地感到道德是人类存在的核心，人类除了尽自己的责任以外，不会再做任何别的事情。这就是生活，一个人和谐的存在——他身上的闪光点！没有人知道如何去描述它，它是人类的本质，是人类生存本身。然而，在17世纪，关于这一点也有一个理论，被归入他们称为**同情心**的东西里面，同情心是介于爱好和责任之间的一种必要的吸引力。

由于一切精神的东西都是从看得见的、物质性的东西中推导出来的，因此我们的道德观变成了对其他人和其他事情的怜悯。

这是亚当·斯密和其他比他年长的人的信条，他把这种信条称为**道德意识**。它是对某些行为的天然喜欢，它是一种兴趣，并根据这种兴趣的趣味来确定事物的本质。休谟认为德行是和利己、利益一样的东西，认为一切有用的东西都是美德，认为古时的人们一旦发现某一件东西有用，就会聚在一起商讨，或者即便不聚在一起，但同意为了使社会统一，他们要庇护这些东西，因为它们对彼此都有用，并用强制的手段把它们奉为神圣的东西，这就是美德的来历。这是自古以来提出的最令人伤感的理论，简单地说，这是怀疑论的最高展示，完全否认一切非物质的东西、一切不能用逻辑来说明的东西，其结果是要说服人们他不是上帝造的。这是最没有价值的结论。把这个结论告诉给野蛮人，一位大森林里的红种人，告诉他他不是上帝造的，而只是一种物质，他会说你的结论是亵渎而愤怒地唾弃你。

不光是道德，其他的一切都是如此，世间的一切都显示出这个世界变得多么不健康，多么糟糕。一切都被放在因果框架里面，在特定物理定律、地球引力的作用下，一个东西推动着另一个东西，一种可视的、物质性的推动。世界变成了一台黯淡、庞大、不可测量的蒸汽机，就像让·保罗所说的："宇宙变成了一团气体，上帝变成了一种力量，人世间变成了一座坟墓。"我们不理解这种错觉何以这么普遍，所有的人都以这种悲观的方式思维，对走在他们前面的人如此地轻视和不屑。但它在朝着有利于我们人类的方向发展。伏尔泰和卢梭最后战胜了一切,他们摧毁一切,但没有建设;他们攻击基督教义,认为自己是在做一件好事;他们推倒一切,烧毁一切,因为这样做他们受到欢迎,在他们背后总有人欢呼:"干得好!"但这一切都已过去,错误也被再一次承认是错误,世界到处被他们搞得一团糟,在我看来,世界在无尽的宇宙空间变成了一台巨大的蒸汽机。他们的下一代必然会看到他们处于一种非常艰难的境地,对他们来说注定要生活在这样一个充满谬误和怪物的地方,实在是难以忍受。实际上这是他们要面对的事实,这种情形导致了我们要注意的第二个不容忽视的现象——少年维特式的多愁善感的出现。

我们首先来看看少年维特式的多愁善感的核心内容,看看维特这个人。《少年维特之烦恼》是第一部真实地反映了欧洲人心理状态的小说,是歌德的作品,写于1774年。那是一个脆弱的时代,人们心中没有真正的希望。一切外在的事物都是虚假的:持续的战争,比如说七年战争,是最荒谬的战争,它不是人民公意的体现,而是法国和德国的一场争夺战。弗雷德里克大帝想要西里西亚地区,而路易十四想让蓬巴杜夫人在欧洲事务上有些影响,50000名将士为此献出了生命!在这种情形下,25岁的歌德在美因河畔的法兰克福写出了这部小说。歌德是一个极富想象力的人,他深受当时发生的一切重大事件的影响,在怀疑论的环境中长大。事实上,他从年轻时候起就和信仰宗教的人们有密切接触,其中有一位名叫冯·克莱顿伯格的年轻女士,亲岑道夫[①]学说的信奉者,歌德一直

---

① 亲岑道夫(Zinzendorf):德国神学家。

非常尊敬这位女士，据说后来他在《威廉·迈斯特》中以她为原型塑造了一位圣洁的女性。但实际上，他研究一切事情，这只是其中的一件。后来长大成人后，歌德观察周围的一切，心中充满了难以言状的悲哀，顾影自怜，他感到没有人同情他的感受，他的热情被视为怪物，没有实现的可能，从此以后很长时间他一直闷闷不乐。歌德用清晰、优美、温婉的方式叙述这一切。他注定要有一个职业，要做一名律师，虽然极不情愿，他还是来到莱比锡大学。他在这儿学习了一段时间，直到这里的一位学者狂热地爱上了另一个男人的新娘，最后在绝望中自杀，这给了他塑造维特的灵感。他自己和其他许多人忧郁的心理状态，比以前更加强烈地冲击着他，促使了这部小说的诞生。它说出了那个时代一切人都想说的话，说出了压迫着人们头脑的东西，特别是压迫着这个年轻人的东西。因此，《少年维特之烦恼》一问世就引起了广泛的关注，被译成英语等许多种语言。六十年前，这儿的年轻女孩儿、男孩儿在穿着打扮上都极力模仿夏绿蒂和维特等人，歌德本人拥有一套画有夏绿蒂肖像的中国茶具。我想在座的各位都知道这个故事，但这部作品的英文版不太忠实于原著，据我所知，它是从法文版转译过来的，和原著有一定的差距。小说用的是一种尖刻的语气，字里行间流露出一种无情的嘲讽。现在的年轻人普遍感到这部小说很乏味，但那时可不是这样。可以说维特身上有歌德自身的影子，他是一个充满热忱的人，很容易受感动，永远都在思索这个世界上的事情，但总是找不到答案，直到最后他变得多愁善感，对一切事情都容易伤感。他对令人窒息的社会越来越绝望，对周围的邪恶越来越愤怒，最后精神崩溃，小说也就此刹住。这是随后不久就席卷整个欧洲的一切的开端。德国人直到后来才认识到这一点，即世界不仅仅是混乱和幻觉。他们是正确的，如果这个世界真的并不比歌德想象的好，那么，除了自杀就没有别的事情可做了。如果除了可怜的伤感、外出游历和生活琐事之外没有别的追求，那么这个世界确实不适合人类居住。但最后歌德认识到他对世界的这种看法是错误的，这一认识不仅对他自己有好处，对整个世界来说也有很多好处。

然而，这种感伤已成燎原之势，随后便出现了《强盗》，它比《少年维特之烦恼》晚五年，是席勒创作的一个剧本，里面充满了各种破坏性的东西。剧中的主人公强盗是一名大学生，一直遵从生活中的道德规范，但因为他的弟弟而没能继承遗产，他得出一个结论：生活是一个巨大的疯人院，根本没有规则，一个勇敢的人只有奋起反抗才有出路。于是他成了大盗，他的愤怒和咆哮一直贯穿始终，最后自杀，或者做了类似的事情。他是一个像维特一样的人，但在反抗世界时更激烈，更加下定决心要改变它。歌德说席勒的这个剧本令他十分震惊。

如果我们看一看，会发现我们自己国家的文学中也有过这样一个阶段，我指的是拜伦的作品。拜伦对整个宇宙都充满了愤怒的谴责，对它怒目而视，认为一个正直慷慨的人无法在这个世界上生存。拜伦似乎是"强盗"和维特的结合，他的诗比维特的多愁善感唤起更多的回应。这种伤感情调是怀疑论最终的大爆发，因此，不管多么荒谬，我们都必须迎接它。因为它——**那种**关于宇宙的理论，不可能是真实的，如果是真实的话，除了维特得出的结论以外，就不可能有别的结论了。也就是说要自杀，除了集体大自杀之外没别的出路，所有的人都要消亡，以无声的反抗回到母亲的怀抱。但在这种感伤情调中有一种深切的真诚，也许不是一种真正的真诚，但却是向着真诚的挣扎。我们不得不认为所有这一切和罗马时代的怀疑主义时期是多么相似，那种愤怒在拜伦和席勒身上、在歌德的"维特"身上咆哮，尽最大可能发出一种巨大的声音，因为一件事情不可能既安静又充满狂风暴雨！因此在罗马的怀疑主义时期，我们看到塞涅卡的悲剧充满了盛怒和风暴，主人公最后也是自杀，而且不无合理性，人们除了自杀之外没别的出路。

但我们现在必须把注意力转向《维特》之后的另一件事上，即歌德的另外一部作品《铁手骑士葛兹·冯·伯利欣根》，它比《强盗》晚一年出版。[①]《铁手骑士葛兹·冯·伯利欣根》中的主人公是马克西米利安时期一位年老的德国男爵，查理五世的祖父，是他废除了决斗。葛兹由于触犯了自己制定的法令，失去了右臂，他安装了一个机械的假肢，由此被称为"铁手骑士"。葛兹是以真实人物为原型塑造的，那个人留下了回忆录。这个奇特的人物和"维特""强盗"一起，昭示了一个野蛮、残暴的时代。它不是文明时代哲人眼中粗鲁、野蛮之人的速写，而是对葛兹艰难的生存处境充满同情，并对他的男子汉气概和男子汉勇气表现出真诚的敬意！由于这部新书，歌德开始了自己的新生活，他又一次拨动了自己的心

[①] 实际上，《强盗》出版于1780年，《铁手骑士葛兹·冯·伯利欣根》出版于1773年。

弦,也拨动了所有人的心弦。沃尔特·司各特和许多别的作家也创作了这方面的作品,但歌德所塑造的"葛兹"充满魅力,是任何别的作家都无法企及的。司各特的作品写得不错,但赶不上《铁手骑士葛兹·冯·伯利欣根》有魅力。这是一个令人愉快的转型期,人们开始欣赏真诚的东西,这一点我们在下一讲中会注意到。然而,这一新作是在欺骗和被欺骗的时代出现的,在这样一个时代,好人是异类,无法把自己好的一面表现出来。我们必须以一种愉快的心情接受这一点:不管有无信仰都会导向自杀的这一思想体系,一定会有终结的时候——那种根据人的穿戴,或者仅仅根据上帝赋予他的心灵来判断一个人正直与否的传统,要改变了。

我们现在来看一看怀疑论的最后一个事件,这个事件把怀疑论一扫而光。怀疑论仍在挣扎,但大势已去。怀疑论在我们这儿已经无影无踪,但在法国更为彻底,我们现在仍然能够找出一条清晰的线索来追踪它的轨迹。可以说怀疑论在那时达到了顶峰,怀疑论的影响主要表现在著述中,如果这些著述没有使事情更糟的话,它们可能就不值得一提了。但恰恰是怀疑论的必然结果不仅带来了错误的、不健康的思想,而且带来了错误的、不健康的行为。当人的心灵有疾病时,他周围的东西怎么可能是健康的呢?他的行为必然也是病态的,他的感觉在一定程度上是错误的,因为他感到没有真理存在。事情也因此朝两个方向发展,一是尊重他人的意见,二是感伤主义。尊重他人的意见本身无可厚非,但在做任何事情之前先要请教别人看它是否合乎道德,是非常要不得的。对于这样的人,我们会说:"如果没有帮助他就没有道德,那么这个人就完了。"

总是问道德不道德有什么用？虽然他有一定的光亮照亮前行的路，但必须要不断地向别人询问，似乎只有在这个世界的监管下，他才不会走上邪路。当他趁人不备，入室抢劫偷盗时，世界是不会纠正他，也不会阻止他的。

下面我要说的是，感伤主义在怀疑论的后期扮演了重要角色，它在那个时期成为一种必要的东西，试图描绘出人们至少对一件事情的兴趣，因为没有别的事情更令人感兴趣。持这种主张的作家有卢梭、狄德罗和其他属于他们那一派的人。狄德罗不是一个典范人物，远远不是，人们没有理由说他是一个讲究道德的人，但他所有的书都在探讨"美德带给人的愉悦"，描述"不道德是如何痛苦"，就像塞涅卡一样。还有就是他们对艺术之美的非专业探索，这在当时是一种普遍的现象。

总而言之，那个时代是充分展示人的自我意识的时代，每个人都意识到自己身上有某种美。我们从维特身上看到了这一点，他有良好的观察力，热爱优雅的事物，他知道自己具备这些，并渴望别人也应该知道这一点。这实际上是一种利己主义，就像一个人拿出自己家里最珍贵的东西，挂在大门前让别人欣赏。当它们摆在那儿时，他得不到什么好处，只有当他把这些宝贝收拾进屋子里以后，才会有一种心理上的满足。人类身上最致命的东西是认识到自己的优点，而这些优点全都建立在该诅咒的自负上。我想不出别的名字来称呼它，它的存在只会给人类带来毁灭。

所有这些越来越严重，在每一个地方都生根发芽，结果是政府的工作人员不再把自己的责任放在心上，如果没有油水可捞，就玩忽职守。很久以来都没有人做出严肃的决定来对这种状况进行改革。薪水虽然没少拿一分,责任却没有履行。

在怀疑论最盛行的法国,我们能很容易地回想起18世纪末危机爆发时的情景,那种狂妄的自大,那种对启蒙的议论,那种乱糟糟的漆黑一团!比如,钻石项链事件[①]。歌德,那个伟大的人物,密切关注着法国大革命,对它的理解比任何人都要透彻。他认为这个奇怪的项链事件几乎是"点燃了火药库的引线",它只是一触即发的事件的导火索,那时人们心里充满了邪恶。

怀疑论将要走向终结的另一个征兆是法国式的新信仰——信仰卢梭的思想,尽管这不是由卢梭引发的,马布利、孟德斯鸠、罗伯逊和其他一些作家在他们称为宪法的东西里面已经开始有这种东西了,但卢梭这个有点疯癫同时又有着纤细同情心的人,一生都在为真诚而苦苦挣扎,直到他的虚荣和利己主义使他丧失了判断力而绝望。我要说,与其他作家相比,卢梭是最早得出"社会契约"结论的人。但在那之前,他写出了一些论野蛮社会的文章,认为野蛮社会也比他所生活的社会要好。我们在他的《忏悔录》中看到他写的一个有趣的故事,从中能够看出他最初的政治见解是怎样形成的。有一次他在法国南部的一个地方游荡,又累又饿的时候到一个农民家里找点吃的,农人告诉他他们一无所有。卢梭坚持要一点

[①] 18世纪晚期,法王路易十六命人制作了一条价值连城的项链送给王后。一位伯爵夫人为了挽回自己家族的颓势,决定利用这次机会。经过精心筹划,她差人从珠宝商那儿骗走了项链,这件事后来被揭穿。此事暴露了法国宫廷内部的腐败奢靡,成为法国大革命的导火索之一。

吃的，"哪怕是一点面包屑也行啊"，最后农人给了他一点又黑又霉的面包和一些水。他接过来，用愉快、健谈的语调道谢，赢得了这家主人的好感，于是主人告诉他等一等，然后打开一个橱柜，从里面拿出上好的食物，放在卢梭面前，告诉他他不得不把食物藏起来，"否则的话他不久就会没有饭吃没有衣穿"，因为国王的收税官或地主的管家会把它抢走。从那时起，卢梭说他变成了一个民主主义者，就像我所说的，他一开始是写关于野蛮社会的论文的，然后又掉转过来，在《社会契约论》中阐述了自己的观点。《社会契约论》是法国大革命的基本思想，而法国大革命为怀疑论画上了句号，一切事情都到了最后摊牌的时候。

法国大革命是人类历史上最恐怖的事件。歌德正赶上法国大革命，认为大革命的爆发以及爆发之后许多年，"像是要把他和他熟知的一切大事"都卷进一种无边的黑暗和混乱。但最终他比同时代的任何人都更理解法国大革命，它毕竟向这个不幸的民族重新阐释了一个古老的真理，让人们看到地狱之火中燃烧着的真理。他们得到了真理。这就是怀疑论是如何终结的，而它带来了一个金光闪闪的希望，即相信如果人们按照宪法规定的去做，那么，这个世界的面貌就会焕然一新。因为他们认为**就个人而言**，我们每个人都很好，只需根据**宪法**组织起来。因此，他们根据最诚挚的心灵来组织社会，人不可能怀疑这种真诚性。以1790年的法兰西全国联盟节为例，它体现的是一种真正兄弟般的情谊、一种孩童般的纯真，人们肩并肩，眼里流淌着兄弟般情深的泪水，所有的人都宣誓要维护宪法，所有的阶层都欢呼这一壮举。对上流社会的人来说，这是最令人高兴的事情，现在他们终于有事可做了。这个消息对他们来说比对下层民众更令人欢欣鼓舞：**饿死**当然是很凄惨的，但**无聊**而死更令人难过！因此，这些人比任何时候都要高兴，这就是1790年。

两年又六个星期之后，9月的大屠杀开始了！在大革命开始的时候人们从来没有想到会有这一天，任何一个对大革命抱有好感的人都没想到会是这样。但这些人除了相信他们有责任给自己和彼此带来幸福之外，做事情时没有任何原则，那就是他们的道德观。但这并不是道德的真正内涵，一个真正有德行的人不应期望在这儿找到幸福。我们不能奉承他，说美德就能给他带来短暂的幸福，美德还经常和肉体的磨难相连。因此，关于法国大革命的一些现象，我们总的来看是：哪儿有虚伪和愚蠢的人，哪儿就会有虚伪和谬误，我们不能把欺骗说成是诚实！

下面我们要注意的一个事实是，面对法国大革命这样一个事件，欧洲必然要抵制它，试图把它镇压下去，而且事实上欧洲也是这样做的，欧洲不能容忍这样的事情发生，欧洲有权力这样做，就像它要消灭的法国大革命有权力摧毁一切一样。对于被压迫在最底层、遭受不幸的贫苦阶层来说，他们有权起来造反，推翻压迫，他们宁愿在反抗中死去，也不愿继续忍受下去了。而欧洲不能坐视法国这样发展下去，不能坐视欧洲各国的利益那样进行分配，如果有能力的话，它有权力颠覆法国大革命。除了斗争，没有别的办法能平衡这两种权力，这是一个令人沮丧的结论！因此，欧洲各国联合起来，向法国围拢过来，想推翻法国大革命，但没能成功。他们要摧毁的是人类最基本的情感，与这种情感相伴的是古老的狂热精神的复苏,它矗立在那儿,宣布自己的存在,让欧洲深入骨髓地知道,这种精神在那儿存在着。

波拿巴完全控制了欧洲国家。他一开始还是正确的,虽然后来证明他是完全错误和荒谬的,但他对法国大革命的理解有其合理性,认为它"向有才能的人打开了大门",而不是像西哀耶斯[①]所说的是两个政府还是一个政府的问题那样简单。这实际上是当时任何一个好政府的目标,让每一个有才能的人发挥自己的才能,整个欧洲都在努力让有能力的人去做善事。波拿巴最后武装起来,清除极端保守分子,建立起波拿巴皇家军队。但他没干出什么好事,他卷入战争,到处抢掠别人,结果就像以前所有寻衅挑事的**君主**一样,法兰西彼时惹恼了每一个**国家**。在德国,波拿巴最后激起北欧古老传说中狂暴战士般的愤怒,终于引火烧身,法国被赶回自己的国土。因此法国大革命只是真理的大爆发,即这个世界不只是狮头、羊身、蛇尾的怪物,而且还是一个伟大的事实存在。怀疑论终结了,不管新事物何时出现,都向它们敞开了大门。

在下一讲中,我想我要给大家介绍一个新事物,我们将会看到一种新的东西正在欧洲初露端倪。

---

① 西哀耶斯(Sieyès):法国大革命时期政治活动家。

第四部分

第十二讲　｜　德国现代文学——歌德及其作品

在上面两三讲中，我们讲到了欧洲文化的独特现象，其中不得不谈到怀疑论，一直讲到它的最后表现形式：法国大革命，一个伟大但并没有得到全面理解的事件，它是怀疑论的爆发，是一种伟大的现象。我们看到，怀疑论这样一种东西的终结是不可避免的，人不能生活在怀疑或否定上，只能生活在信仰上；人要从不管什么样的生活中，提炼出一种特定的理论。法国大革命在它最后爆发的几个世纪之前就开始酝酿了，它是对整个欧洲的粗暴扫荡，对整个世界来说，它是一团火，是难以避免的。然而，尽管它令人害怕，尽管那场持续了二十五年的血腥战争破坏性很大，我们还是应该欢迎它：它是我们生存下去必不可少的代价。在那个时期，不管以何种代价，都必须摒除怀疑论。人不能永远生活在和他周围的一切形成尖锐讽刺的对比中，它最终必须回到与自然的再次交流中来。因此，这是一件令人高兴的事，其中蕴含的价值是无法估量的，借此，欧洲人再一次从逻辑的迷途和云雾中走出来，再一次把脚落在坚实的大地上。从这出历史剧第一幕闭幕至今已有将近二十五年的时间了[①]，拿破仑从一个伟大的"全身武装的民主战士"，最后变成了可怜的自我中心主义者。他的野心和贪婪激怒了整个世界，最终被抛到圣赫勒拿岛上，成为上帝始用之、终弃之的傀儡和工具。那么，我们来问一下我们现在在寻找什么是很有趣的，怀疑论是在什么情况下远离人的思维的？我们是在推测一个更美好的、充满无限希望的新阶段吗？或者在这一阶段欧洲还会有怀疑论存在吗？我们今天要解决的就是这些问题。

首先，我必须强调如果我们如实地看待法国大革命，我们将会看到旧事物完全不可能继续下去了，预示它的一切东西都已成为过眼烟云，人们已经甩掉自身的枷锁，从压抑他们很久、粉碎他们生活的噩梦与麻痹中醒了过来。人一旦醒来，接触到大地和现实，就会像神话中的安泰俄斯[②]那样，重新拥有了力量和生命。如果我们回顾法国大革命以前和以后的欧洲历史，就会看到存在着对我们有利的东西，政治风云即使变幻莫测，也仍在现实的控制之下。而且，除此之外，事物的精神层面也以现代德国文学流派的方式，发生着变化，德国文学呈现出一种比几个世纪以来的任何文学，都更加欢快的特征。

其次，我们看到凤凰涅槃的古老寓言是对这一情形的形象阐

[①] 指到卡莱尔演讲的1838年。
[②] 安泰俄斯（Antuæs）：[希神]巨人，只要他身体不离开土地，就能百战百胜。后来被赫拉克勒斯识破，把他举在空中掐死。

释。古人赋予这些寓言深刻的含义，比他们的任何哲学都要深刻。世上所有的事物都有寿命，每一个存在的事物都带着烙在它上面的变化与死亡法则。这就是凤凰涅槃的故事，一千年后周期性地变成燃烧自己生命的薪柴，然后从自己的灰烬中再生出一个新的凤凰，这是一切事物的法则。比如说，异教在它那个时代创造了很多伟大的东西，产生出许多勇敢而高贵的人，但到最后还是衰落了，蜕变成一种供人争论的哲学。接着便是基督教，因为中世纪在这一方面和古希腊的英雄时代相呼应，因此，正像荷马生活在古希腊时代一样，但丁生活在中世纪。同样，就像基督教的兴起一样，罗马异教体系（因为罗马人有自己独特的信仰，和希腊人的信仰完全不同）被摧毁之后，接着便是它自身的多愁善感时期。这是一种反对周围邪恶的盲目抗争，其结果比法国大革命还要可怕，所有的野蛮人突然疯狂地闯入那个旧世界，那个世界已经被罗马人统治了很久，现在决心不再忍受那么一个低劣而放荡的民族的奴役。这些野蛮人聚集起来，冲向那个世界并占领了它，那是迄今为止最可怕的时期。后来的法国大革命也是这样，群众潮水般地冲了进去，他们不想饿死，不想屈服，就必须起来反抗沉重的压迫。这种情形逐渐引起注意，直到社会上有一股强大的力量将它镇压下去。

然而，当这些事情已经发生过并被抛在后面之后，我们现在很自然地会问，我们面对的新的法则是什么？德国文学的意义何在？但这个问题不可能马上做出回答。德国文学的主要特点之一是：它前面的阶段根本没有特别的理论，几乎没有什么理论能够提供给我们。构建德国文学的人有其他的东西要思考，他们的目的不是教化世界，而是以某种方式为他们的心灵找到一个栖息地，避免他们被这个世界压垮。但正相反，我在这儿看到我一直信服的要祝福、加倍祝福的现象，即人类并没有受到伤害，他们还有信仰，还能做一切事情。看到这一点，我要说这件事情能预示其他一切事情，它只需要有人来做第一次尝试，第二次再做它时会发现容易很多。

至于德国人独特的信条，很难明确地或准确地说出些什么。他们是如何想、如何感受的，如何试图回到英雄时代，如何做事的，只有在长期研究了德国人有什么值得讲的之后才能知道。无疑，我们这里没有几个人有足够的语言能力去做那样的研究，不过我希望要不了几年，听众朋友们就能在不事先阅读德国文学简介的情况下，在这儿听懂关于德国文学的讲座。为了解释得更清楚，我只能想到《圣经》中的《启示录》，因为我想不出别的词来描述。对我而言，它就像从周围要把我吞噬的黑暗中出现的一线光明，那时我深深地卷入了维特式的烦恼之中，陷入了死亡的黑暗之中。歌德身上有一种东西特别打动我，这种东西存在于他的《威廉·迈斯特》之中。他在里面描述了一个由各种各样的人才组成的协会，组织起来接受各种建议，然后做出反应。对此，他一开始用严肃的笔调来描述，但最后变得有点讽刺挖苦的味道。不管怎么说，这些人很久以来一直关注着威廉·迈斯特，最初很巧妙地远远打量他，不想过早地惊扰他。最后，那个被赋予监管责任的人拉住他，开始向他讲述协会是如何分工协作的。这就是我所说的打动我的那件事，他告诉威廉·迈斯特，很多提建议的申请每天都送到协会，得到这样那样的答复，但是很多人只是求取幸福的秘方。他接着说，所有这类申请都"被摆在架子上,根本不予回答!"我读到这一点时感到很惊讶。我说:"什么!难道我一生不都在追寻幸福的秘方吗?难道不是因为我没有找到它,所以现在才痛苦和不满吗?"正像有些人说的,如果我认为歌德喜欢悖论,认为这和他的诚实与谦逊相一致,我肯定会毫无疑问地拒绝它,但我不能这样认为。最后,经过反复的思考,我认为他说得非常对,整个世界都错了,没有人有权利要求幸福的秘方,他一旦这样做了,就没有什么幸福可言了。还有比那更好的事情,所有成就大事的人,牧师、预言家、圣人,在他们心中都有高于幸福的东西引导着,那就是精神的清澈与完美,一种比幸福好得多的东西。对幸福的喜爱至多只是一种饥渴、一种渴求,因为在这个世界上我没有享受到足够的甜美。如果有人问我那个更高的东西是什么,我不能立即作答——我害怕出错误。我给出的任何答案都会有人质疑,我无法谈论它,除了称它是遗憾之外没有别的名字,因为那颗心感受不到它,那颗心里没有善好的意志。这个崇高的东西曾被称作"基督的十字架",而那根本不是什么幸福的东西。苦难崇拜是古代英雄先烈的说法,是就所有的英雄遭遇、人类所有的英雄行为而言的。我并不是说把德国文学的全部内涵简单地归结为这一点,这样说是很荒谬的,但这是讨论德国文学的开端。正如威廉·佩恩[①]对异教信仰的看法,他认为基督教并不是要消灭真理性的东西,而是要消除错误,然后再整合起来。

---

① 威廉·佩恩(William Penn):英国斯图亚特王朝时期的一对同名父子,这里指儿子威廉·佩恩,北美殖民地时期的一位重要政治家、社会活动家,宾夕法尼亚殖民地的开拓者,同时也是贵格会的主要支持者和宗教改革家。

因此我开始用充满希望的眼光来看待我们这个世界,凤凰还没有完全燃尽,其灰烬就洒落到法国大革命之中,但在所有幸存下来的真实事物中,仍然有不朽的东西,因为未来总是充满希望的。安慰自己、帮助自己、支持自己是人的特殊本能,如果你们当中有人做我当初所做的研究,但还没有以自己的方式(因为有许多种方式)认识到这一点,那么当他第一次发现这个崇高的真理时,他就会急切地想知道它是什么,而且想要越来越深入地了解它。

你可能会得出和我一样的看法。下面我接着讲德国文学中的两三个作家,两三个有代表性的作家。

对于德国的哲学家,对于德国的形而上学论者,我现在不做评论。我曾经对他们进行了很认真的研究,但发现我得不出任何结论。有人会说他们和休谟截然相对:休谟从唯物主义和感性主义出发,除了认为他自己是真实的以外,不相信任何别的东西;而德国人恰恰相反,他们从"宇宙中存在着一种普遍的真理"这一原则出发,这就是唯心主义。为信仰寻求证据就像一个人在中午拿着灯芯草蜡烛寻找太阳,吹灭你的灯芯草蜡烛吧,他们说,你立刻就会看到太阳!但是我说,这种对形而上学的研究只会产生这样的结果,那就是在把我快速地带进了不同阶段之后,让我最终放弃了形而上学。我发现形而上学完全是一种空洞的理论,没有合适的开始,也没有合适的结束。我从研究休谟和狄德罗入手,只要和他们在一起,我就趋于无神论,直面黑暗,信奉各种各样的唯物主义。如果我读康德的东西,就会得出截然相反的结论,那就是整个世界都是精神的,任何地方都没有一点儿物质。结果就是我所说的,我决心不再和形而上学有任何关系!

我要说的第一个作家是歌德。在任何时代，这样一个人物的出现，在我看来，都是那个时代所能发生的最伟大的事情——他是一个思考人类灵魂的人，是他的国家和整个世界的道德引导者。所有在他影响之下生活的人都聚集在他的周围，因此，尽管歌德之后德国出现了许多作家，歌德仍然是他们寻求灵感的来源，他们从他身上获得了想要的风格。至于他的局限性，我说不出什么，我对歌德的看法就像对莎士比亚一样——在莎士比亚之后，除他以外，没有人能和莎士比亚相比。歌德不是莎士比亚，但在很多方面和莎士比亚非常相似，比如他的清醒、他的忍耐、他对人类理解的深度。歌德也是一个虔诚的人，你认可了一个虔诚的人，你也就认可了一个明智的人：一个人没有一颗有洞察力的心，就不可能有一双有洞察力的眼睛，否则人的智慧只能是间歇性的、浅层次的。因此，我必须说人们时常听到的"某某人是个智者，但有一颗卑鄙的心"是完全不可能的，感谢上帝。道德是我们智慧的卫士，如果邪恶和智慧连在一起，就会经常是由恶魔来掌管我们所有的事务，但这是根本不可能的。

因此，莎士比亚的一切都散发着智慧和道德，在他那里所有的东西都是**一个整体**。因此，如果你认可了歌德的价值，你就认可了他的一切。的确，我们可以在这样一个事实中发现他的伟大，我们看到他的《少年维特之烦恼》和《铁手骑士葛兹·冯·伯利欣根》至今仍然是欧洲文学的源泉。歌德本人不久就完全从中走出来了，在认识到一切都是错误的、无意义的、卑鄙的、微不足道的情况下，他决心再真诚一次。如果没有什么更好的事情要做，他就应该完全保持沉默。因此，那之后二十年，正如我们看到的，整个德国都在发怒，所有的人都成了绝望的、满脸胡子的愤世嫉俗者，而歌德保持着他的平静。对他来说，荣誉不能和自由的心灵相比。他的下一部作品是《威廉·迈斯特》（因为《浮士德》严格说来是和《少年维特之烦恼》一样的作品），于1795年出版。这是一部奇特的书，尽管它没有像《少年维特之烦恼》那样引起狂飙，但甚至比《少年维特之烦恼》还要奇特。

这个时候，歌德最终使自己成为一个整体——他振作起来，调整自己，适应他不能救治的东西，而不是自杀性地把自己碾碎。但此时他身上还没有同情。看到这个时候理想的艺术、绘画、诗歌在他眼里是最高贵的东西，善只是其中的一部分，是很令人惊奇的，甚至没有对上帝的肯定认可，只把它视为一种顽固的力量，这确实是一种异教认识。但歌德仍然有一点信仰，即信仰自我，这是所有信仰中最有用的。当歌德的力量达到**最高点**时，他相信自己，他的心变得更加高贵，更加关注自我（因为歌德过着平静的生活，过着人类所能过的最平静的生活），由于独处而更加严肃，讲话带着最虔诚的语调，对世界上所有真诚的东西都予以认可。

比如在《威廉·迈斯特》第二部中，他在将近70岁的时候创作的一部作品，其中有一章被视为是有关基督教的最好描写，在别处我还没有发现有比这更好的。我从中引用精彩的一句用以描述基督教——"对苦难的崇拜"，另一句有歌德风格的话是"极度深重的苦难"。在他写的最后一部书，从诗的角度看最有影响的一部书——《东西合集》中,我们看到了同样的虔诚,虽然它是以伊斯兰教徒—波斯人这种系列形式展开描述的,但它的整个精神是基督教的。那是歌德自己的灵魂,一位年迈的诗人来回踱步,吟出他对各种事物的感受。随着写作的深入,它变得越来越美好,充满一切优美的东西,听起来就像"仙后骑马外出"时的铃铛声。所有的一切最后形成歌德对事物的普遍看法。但我们能看出,他说出的还不到他想到的千分之一。实际上这是他主要的魅力所在,他拥有这样的智慧:该说的就说出来,不该说的就保持沉默。

说到歌德,我们必然要想到席勒。顺便说一下,到现在为止,我还没有谈到人们偶尔对歌德的反对意见。人们对伟大的作家缺乏应有的理解,这是一件令人蒙羞的事。不是说歌德没有得到普遍的认可,而是还有一些人,他们的看法很重要,但他们对歌德及其性格的看法却有很大不同。关于歌德,令人奇怪的一种说法是:在他的所有作品中,他显得"太高兴",这对一个人来说是多么令他惊讶的指责!对歌德尤其如此!歌德告诉我们,在青年时期,他常常想象着用匕首刺进自己的胸膛。如果歌德愿意,他可能会像这些批评家所说的那样,在任何时候都表现出悲惨的一面,但是他明智地把自己的悲哀掩藏起来,或者说悲哀是他要解决的一个问题,是他不得不做的工作。因此,当有人看到他的画像,大声叫道"瞧,这个人多么悲伤"时,他会立即回答:"不,他只是把苦难变成了有用的工作。"对歌德的另一个反对是:他从不卷入当时的政治漩涡,从来既不做改革者,也不做保守派。可是歌德不让自己卷入这些痛苦的论争是对的,如果期待歌德这个天才那样做的话，就无异于让月亮从天上走下来，仅仅变成街头的一支火炬，最后熄灭一样。

与歌德相比，席勒受到更加普遍的敬仰。无疑，席勒是一个高贵的人，但是他的文学才能无论哪方面都要比歌德逊色。席勒的主要特点是具有骑士精神，即歌德所说的"自由精神"，为了自由，永远挣扎向前，正是这种精神使席勒写出了《强盗》。歌德说他的"体形和走路的神态显示出他对自由的挚爱，一点也不能容忍奴隶制度"。他不仅对人这样，对一切事物也是这样。但尽管如此，在我看来，如果席勒没有遇到歌德，他就可能写不出一首好诗。他们相遇的时候，席勒刚写了剧本《唐·卡洛斯》，这个剧本充满着听起来高尚但实际上令人惊讶的东西。剧本中的主要人物门多萨从头到尾讲话总是很有气魄，很有气势，被形象地描述为像一座"灯塔，高高矗立，极目远望，而又空洞无物"。事实上，他的讲话方式非常像当时的人们——法国大革命中吉伦特党人谈论"人的快乐"以及其他东西时的腔调。席勒当时已经达到了这样一个境界：在他厌倦了这种写作形式之后，就不再创作诗歌，而且很明显是永远不再创作诗歌。他写了几部很好的历史书，此外没有做别的事情。

比席勒大10岁的歌德就在这一时期遇见了席勒。他并没有主动去接近席勒，事实上，他说自己"讨厌席勒"，尽可能地躲避他。席勒也不大喜欢歌德，觉得歌德太冷漠了，所以也是尽力回避他。然而，他们碰巧走到了一起，彼此建立了友谊。这要归功于席勒，席勒主动接近歌德，向他请教，从他那儿得到指点。然而，席勒身上总是有一些**隐士**的东西，他从来没有试图把生活中伟大的一页写进诗歌，而是宁愿退到角落里，慢慢地咀嚼它。他太热心，太躁动，使得他耽于病榻，不能够和世界和谐地相处。他晚年常常在花园里度过漫漫长夜，不停地喝巧克力酒（我不知道的一种饮料）来放纵自己。读到这些不免令人悲哀，他的邻居经常看见他在花园里大声地叫着、舞动着，写他的悲剧。他的健康由此受到很大损害，40岁时就去世了。

席勒身上有一种高贵的东西，有一种兄弟般的情感，对真诚和公正的东西充满了善意的同情。最后，他还有一种沉默的品格，他放弃了关于"人的快乐"的**谈论**，而是试图看看他能否**使**人们更快乐。因此，在遇到歌德之后，他的诗写得越来越好，《威廉·退尔》是他写得最好的作品，整个作品流淌着欢快的调子，对阿尔卑斯山牧人的描写极为细致优美。这部作品带有瑞士风格，至少其中有些段落颇具那种风格。它应该在第四幕完美地结束，第五幕是后来加上的，因为那时的戏剧规则要求他那样做，这可能会被视为败笔，但对读者来说不算是败笔。

关于现代德国文学，我要谈的第三个伟大作家是约翰·保罗·弗里德里希·里希特。里希特也是一个很有名望的作家，的确，他看起来比以上两位更伟大，但在我看来，他远不如歌德。他一生凄苦，在那些为歌德悲叹的人看来也够悲惨的。我不是说他在任何情况下都不快乐，我想说的是，他没有像歌德那样完全战胜苦难。歌德是个坚强的人，像山上的岩石那样坚强，但是也像岩石上的小草那样脆弱，不过也像它们那样生机勃勃，充满阳光。里希特恰恰相反，他是一个"不完全的"人（"half-made" man），他与世界抗争过，但从没有获得过彻底的胜利。

但人们还是喜爱里希特。事实上，如果人们能够读懂他，他是最受普遍喜爱的一个人。可那只是一个伟大的假设，因为就像歌德的风格是最好的一样，里希特的风格令人迷惑和费解，歌德的风格就像色诺芬①的一样非常和谐，但要比他深刻得多。正如歌德是德国作家中风格最好的，里希特的风格是最坏的，他想要表达的有一半表达不清楚，那是一种令人困惑的、奇怪的、喧闹的风格，就像从来没有用斧头砍过、互相缠绕的美洲丛林，里面根本没有路。就我来说，我试图一遍又一遍地解读他，直到我获得成功。最后，我终于理解了他的思维方式，我在他身上发现了一个奇特的规则，按照这个规则会很容易地理解他。他的风格非常华丽，不是清晰的声音，而是像瀑布穿越原始森林的声音，这种声音深入到人的内心。里希特是一个伟大的人，有一颗伟大的心，有不同寻常的性格，这一切尽显在他的生活方式之中。

里希特的父亲是一位牧师，在他小的时候就死去了，他由母亲照料长大。他的母亲很愚蠢，把他从祖辈那儿继承的遗产全部挥霍干净。里希特在25岁时进入莱比锡大学，那时，他性格古怪，身上有一种矫情。他不仅没有掌握足够的词语来表达自己的思想，而且他所掌握的那些也不够好。在他眼里，教授们的性格都很懦弱。然而，他在那儿遇到了欧内斯蒂，一位著名的学者，里希特非常尊敬

---

① 色诺芬（Xenophon）：古希腊将军、历史学家，苏格拉底的门徒。在进攻波斯的战役中加入居鲁士二世的军队。居鲁士死后，他率领希腊军队到了黑海，这次严峻的经历成了他写《远征记》的素材。

他。不过他的大学生活很贫乏,他说:"囚犯渴望得到面包和水,我只有后者,没有前者。"他得到了足够的水,但没有面包。不过,他还是快乐的,从不屈服,他保持着平静,继续抗争,决心等待时机。他的机会来了!大学里的人认为他疯了,但他不久就向他们证明他不是一个疯子,因为他激励自己,写出了很成功的书。我建议你们中懂德语的朋友读一读他的小说,克服他那难懂的风格,去认识他。他有很多优点,其中最大的一个是快乐,在里希特的心里有着比其他任何一个德国作家更多的快乐笑声。从某种程度上说,歌德有一点,席勒也有一点,而里希特则是全身心地投入到快乐当中。那是一种深沉的笑、狂野的笑,与此相连的,还有最深刻的严肃。因此,他的梦和但丁的梦一样深刻,是毁灭的梦,也许,除了《圣经》的预言书之外,没有什么能超越它。

除了我已经提到的以外,还有许多别的作家,但是我们没有时间讲他们了。怎么办?我只能请朋友们自己去认识他们,去发现这些作家身上信仰的本质。你们会在他们身上发现不只是一种理论,不只是行动的展示,你们会发现他们在走动,这比理论和行动的展示要好得多。

对于我们未来的前景,我想啰唆几句。我认为,我们很有理由寄希望于未来,伟大的事情在等待着我们。世界已开始进入一个新的时期,我相信明智的人会继续忠实于这个世界。当我看到人们还处在深深的苦难中时,这种希望给了我信心:因为我感到我们有可能获得自由,获得一种精神的自由,与精神的自由相比,政治的解放只是一种空谈。我们要努力争取获得精神的自由,不再继续生活在一种盲目的感性主义和自我主义之中，而是成功地突围出去，获得自由，从噩梦和麻痹的状态中走出来。我希望里希特在18世纪末所说的话，将会在我们所处的19世纪变成现实。那是一个非常精彩的段落，我必须送给你们。里希特一直说他希望在欧洲历史的门槛上，能镌刻上类似于俄罗斯人刻在德本特[①]铁门关上的话——"这是通向君士坦丁堡之路"。同样，在记录着大事的大门上，他也能读到"这是通向美德之路"。他继续说，"但是，仍需要斗争，现在是夜里十二点（确实，这是个可怕的时刻），黑暗中的乌鸦已经展开翅膀（邪恶和歹毒的事情正在孕育），幽灵在空中游荡，死者在行走，活着的人在做梦。主啊，永恒的上帝，要给世界带来曙光"。

没有比我重复里希特的这些话来结束这次演讲更好的了："主啊，永恒的上帝，要给世界带来曙光。"

现在，我没有什么可做的了，只有和你们说再见。再见是任何时候都令人伤感的一个词，而这次是加倍地令人伤感。当我思考你们是谁、我是谁的时候，我禁不住感到你们对我是那么的好！我不能说我自己有多好，可是我要说你们对我就像听众曾经对待演讲者一样友好，我对你们的感谢是发自内心的。

愿上帝与你们同在！

[①] 德本特（Derbent）：也译作杰尔宾特、德尔本特，俄罗斯达吉斯坦共和国的第二大城市，位于高加索山脉附近、里海沿岸，自古就具有重要的战略地位。在波斯管辖期被命名为"里海之门"，希腊时期又被改名为"亚历山大之门"，到了奥斯曼时又被誉为"高加索铁门"。

译后记

托马斯·卡莱尔（Thomas Carlyle，1795—1881）是英国维多利亚时代著名的散文家，被尊为"切尔西的圣哲"（切尔西是英国伦敦文人名士聚居的地方），美国著名思想家、作家爱默生称他"在英国和伦敦塔一样著名"。卡莱尔一生著作甚丰，散文、评论、历史、社会批评，无不涉猎，借古讽今，针砭时弊，是一位极为关注社会现实的作家。

卡莱尔的作品除这部《西方文学史十二讲》之外，还有《席勒传》（Life of Friedrich Schiller，1825）、《衣裳哲学》（Sartor Resartus，1836）、《法国大革命：一部历史》（The French Revolution: A History，1837）、《论英雄、英雄崇拜和历史上的英雄业绩》（On Heroes, Hero-Worship, and The Heroic in History，1841）、《过去与现在》（Past and Present，1843）等等。

卡莱尔一生做过很多次系列演讲。第一次是1837年，他做了关于"德国文学"的演讲；第二年做了我们面前的这部《西方文学史十二讲》；第三次是1839年以"近代欧洲的革命"为题所做的演讲；给他带来更大声誉的是1841年的演讲《论英雄、英雄崇拜和历史上的英雄业绩》。卡莱尔的这些演讲极为成功，他的谦逊和博识赢得了听众热烈的掌声。

摆在我们面前的这部《西方文学史十二讲》与一般的西方文学史著作不同。正如本书的原序所言："相对于文学而言，卡莱尔的演讲更关注文学产生的原因、文学的发展历程以及意义。"本书对欧洲文学从古希腊到18世纪末的发展进行了独到的梳理和评述，既有总括性的考察，又有细节的引用、分析。它并不旨在对每一个文学现象、每一位作家、每一部作品进行全面的、详细的分析，而是说出了卡莱尔本人对各种文学问题、对诸位文学大师独特的感悟和感受。作者知识面宽，文、史、哲无不涉猎，演讲中新见迭出，智慧的火花不时闪现。因此，尽管目前关于西方文学史的著作不胜枚举，卡莱尔的这部《西方文学史十二讲》仍有其独特的价值和意义，非常值得西方文学研究者和爱好者阅读。

本书的一个重要特点是卡莱尔把作家的创作和他的人格及特定的时代精神结合起来考察，注重作家对时代精神的把握和作家的人格对其创作的影响。卡莱尔对每一个时代的特征，对每一个民族的性格，对每一位作家的品格都有深刻、独到的理解和概括，如希腊人的欢快，罗马人的讲究实际，中世纪的信仰、忠诚，塞万提斯的幽默，但丁心灵的高贵、灵魂的博大……贯穿整个演讲的是文学大师们那伟大的人格：坚强、乐观、坦诚、幽默、谦逊、执着，追求真理，对人类充满爱；其作品是"大自然伟大心灵的絮语，是人类心灵的真诚袒露"。卡莱尔推崇一种"无心插柳柳成荫"式的创作，认为最好的作品是在没有意识到的情况下创作出来的，"最好的作品是无意识之作"，"刻意为之的东西往往难以成为伟大的东西"，并形象地比喻为"就像一面鼓，发出很大的声响，但里面却空空如也"。他还说"强壮的人是没有意识到自身力量的人"，"伟大的人总是天性沉默的"。

最后，译文中不妥当之处，敬请方家教正。

姜智芹
2021 年秋于济南

本作品中文简体版权由湖南人民出版社所有。
未经许可,不得翻印。

图书在版编目(CIP)数据

西方文学史十二讲 / (英) 托马斯·卡莱尔著;姜智芹译. —长沙:湖南人民出版社,2023.5
 ISBN 978-7-5561-3226-3

Ⅰ.①西… Ⅱ.①托…②姜… Ⅲ.①文学史-西方国家 Ⅳ.①I109

中国国家版本馆CIP数据核字(2023)第059451号

西方文学史十二讲
XIFANG WENXUESHI SHIER JIANG

著　　者：[英]托马斯·卡莱尔
译　　者：姜智芹
出版统筹：陈　实
监　　制：傅钦伟
选题策划：北京领读文化
产品经理：领读-孙华硕
责任编辑：刘　婷
责任校对：夏丽芬
装帧设计：许　悦

出版发行：湖南人民出版社有限责任公司［http://www.hnppp.com］
地　　址：长沙市营盘东路3号　邮编：410005　电话：0731-82683313
印　　刷：长沙超峰印刷有限公司
版　　次：2023年5月第1版　　　　印　　次：2023年5月第1次印刷
开　　本：880 mm × 1230 mm　1/32　印　　张：6
字　　数：130千字
书　　号：ISBN 978-7-5561-3226-3
定　　价：46.00元

营销电话：0731-82683348（如发现印装质量问题请与出版社调换）